Michel HATON

MARTHA JENNINGS

LE CHEMIN DE SANG

POLAR

Note d'intention

Je n'ai volontairement pas situé géographiquement l'action dans cette histoire. En lisant ce livre, le(la) lecteur(trice) pourra spontanément se projeter dans sa propre ville ou dans un lieu de son choix du simple fait de son imagination. Il va automatiquement retrouver des endroits qu'il connaît, auxquels il va identifier les lieux où se déroulent cette histoire. Ce qui fera vivre aux personnes qui lirons ce livre, une expérience nouvelle et unique.

L'auteur

© 2020 Michel Haton
Éditeur : BoD-Books on Demand
12-14 rond-point des Champs-Élysées, 75008 Paris
Impression : Books on Demand, Norderstedt, Allemagne

Couverture : Conception et illustration © Michel Haton
Contact : michelhaton67@gmail.com

ISBN : 978-2-322242184
Dépôt légal : Septembre 2020

I

Le silence se fit… comme le calme après une éruption volcanique qui laisse le temps en suspens. Aucun son ne sortait de sa bouche. Elle n'en avait plus la force. Assise sur le sol de la cuisine, Martha Jennings se tenait la tête entre les mains, les doigts enfoncés dans sa chevelure défaite. Les coups résonnaient encore dans sa tête comme des tambours africains et l'onde de choc se répandait dans tout son corps jusqu'aux extrémités. Les larmes mêlées aux blessures à vif avaient changé de couleur. Elles glissaient le long de ses joues pour venir s'éclater sur le carrelage blanc, formant de minuscules soleils rouges.

Des stigmates plus anciens apparaissaient à côté de ceux récents et colorés qu'elle venait de subir. Il était urgent pour elle que cela s'arrête. Ne pas refaire l'histoire… Jamais il n'avait cogné aussi fort.

De nombreuses femmes perdent la vie sous les coups de leurs compagnons et cela tous les jours. Quand les insultes et les coups remplacent le dialogue, c'est le signe de la fin d'une histoire, sans retour possible. Il faut une grande faiblesse d'esprit pour avoir recours à la violence. Quand il y a de la violence, il n'y a plus d'amour.

Adèle, sa mère, est une petite brune au teint pâle, d'origine anglaise. Elle avait rencontré le père de Martha lors d'un voyage d'études à Montréal, selon ses dires. C'était un Amérindien descendant d'Algonquins. Martha a hérité de cet homme un visage oblong et la peau cuivrée. Cheveux noirs, courts devant et une longue tresse dans le dos, elle avait le look d'une squaw, une femme indienne un peu sauvage car d'une indépendance farouche. De longues boucles d'oreilles en plumes, un petit tatouage de scorpion sur l'épaule droite, un maquillage noir très prononcé jusqu'à ses lèvres minces et les yeux verts en amande. Elle a une petite quarantaine d'années et exerce dans son cabinet en tant que gynécologue libérale.

Adèle fut victime de violences physiques alors qu'elle était enceinte de Martha. Elle s'éloigna de son compagnon et donna son nom à sa fille, née quelques mois plus tard. Du père, elles n'avaient plus aucunes nouvelles depuis cet acte de lâcheté qui fit de lui un sous-homme.

Martha avait l'impression que l'histoire se répétait. Elle aussi avait essayé de vivre en couple avec Pascal. Mais elle était victime d'un pervers narcissique. C'était sans doute le cas de son père qu'elle n'avait pas connu.

II

Ce fut pourtant un beau début de week-end ensoleillé, ce samedi matin. Mais un petit désaccord sur la destination de la randonnée dominicale vira en dispute, puis la violence des coups qui lui donnait l'impression d'avoir raison, comme toujours.

Après cette énième pluie d'insultes et de coups, Martha Jennings prit une décision qui allait changer sa vie. Pascal sorti, elle resta seule dans la maison. Plusieurs heures lui furent nécessaires avant qu'elle puisse se relever et soigner ses blessures encore douloureuses dans la salle de bains. Devant le miroir, elle prit peur en constatant les dégâts : elle grimaça à la vue de son visage tuméfié. D'un geste tremblant, elle ouvrit son armoire à pharmacie pour y trouver du coton et nettoyer les plaies des arcades sourcilières qui inondaient son visage de sang. Avec un spray antiseptique, elle vaporisa délicatement les ornières sanguinolentes afin d'éviter l'infection, tout en serrant les dents.

Remise de ses émotions, elle prépara ses affaires. Elle bourra deux sacs de sport, descendit l'escalier dans un énorme raffut, puis déposa ses bagages dans le coffre de sa voiture. Elle ne prit même pas la peine de laisser un mot à son compagnon puisque la rupture était définitive.

Martha avait rencontré Pascal quelques mois auparavant chez des amis et leur histoire avait bien débuté, comme l'évidence d'un coup de foudre. Il avait suffi que leurs regards se croisent pour savoir que leur vie allait changer. Pascal était un architecte d'une petite cinquantaine, un grand brun dégarni avec une barbe de quelques jours. Martha pensait vraiment qu'elle avait rencontré la bonne personne : gentille, attentionnée, serviable et tendre. Au début de leur histoire, comme toujours, tout se passa formidablement bien. Ils étaient raccord sur tout et dans tous les domaines, ils étaient vraiment en symbiose. Martha ne touchait plus terre tant elle était inondée de bonheur par leur amour naissant. Mais rapidement, Pascal changea et montra son vrai visage. Il voulait garder son emprise sur elle car il pensait que Martha lui appartenait. Elle était sa chose et il pouvait donc en faire ce qu'il voulait, y compris la corriger quand cela lui semblait nécessaire. Cela avait commencé quelques semaines après le début de leur relation, petit à petit, insidieusement. Les choses changeaient quand la porte se refermait... D'abord les mots, des remarques désobligeantes sur le look, la coiffure ou le maquillage. Puis l'installation à son insu d'un traceur GPS sur son portable, afin de pouvoir la suivre à tout moment et savoir où elle se trouvait. Il voulait contrôler tous ses faits et gestes, ses messages, coups de fil et déplacements... Le soir venu, il lui demandait de se justifier sur les personnes qu'elle avait rencontrées dans la journée. Elle n'était plus libre de ses déplacements. Tout était prétexte aux insultes jusqu'à la première gifle. Martha pensait naïvement que c'était accidentel et qu'il ne recommencerait plus. Mais elle dut se rendre compte rapidement que l'exceptionnel devenait habituel. Un homme qui frappe une femme une fois recommence toujours. Ses amis, qu'elle avait mis dans la confidence, lui conseillèrent bien sûr de mettre fin à cette relation toxique. Mais, de l'intérieur, on ne voit pas les choses de la même manière. Il est inutile d'essayer de raisonner une femme amoureuse.

Carole, une amie d'enfance au courant de ses problèmes, l'avait prévenue à plusieurs reprises :

— Tu ne peux pas accepter cela, il faut que tu réagisses ! Cela fait plusieurs fois que tu es obligée de prendre des jours d'ITT !

— Mais je l'aime, et lui aussi il m'aime.

— C'est un malade ! Un pervers narcissique n'aime pas, il possède ! Il fonctionne dans l'imposture, c'est un prédateur ! Il éprouve une véritable jouissance à te dominer. Cela n'a rien à voir avec de l'amour : l'amour n'est pas une possession, c'est un échange, un partage… Si tu ne réagis pas, il va complètement te détruire. Les coups ne font pas partie d'une relation équilibrée. C'est Pascal qui a un problème, il a certainement des antécédents de violences avec son père !

— Je ne peux pas te laisser dire cela !

— Mais enfin, Martha, ouvre les yeux ! Cette relation va mal se terminer, je te le dis ! Tu es complètement anesthésiée. Tu es comme prise dans une toile d'araignée !

— Si tu le dis…

Martha en voulait à Carole de lui avoir fait la morale, ce qu'elle prenait pour de la jalousie. Elle était sous l'emprise de Pascal et ne voulait pas entendre les conseils avisés de ses amis. Tout le monde voyait que ça n'allait pas, sauf elle. Elle préférait couper court aux discussions pour ne pas envenimer les choses.

III

Martha décida d'appeler Madeleine Karst, son amie de toujours. Petite rousse aux yeux bleus et divorcée, elle se trouvait dans une longue période d'inactivité. Elle accepta d'héberger Martha quelques jours avant de partir en voyage. Martha débarqua chez Madeleine le visage boursoufflé. Madeleine étouffa un cri de ses deux mains sur la bouche en ouvrant la porte.

— Que s'est-il passé, Martha ?

— Laisse-moi entrer... Je vais te raconter.

Madeleine la fit entrer et lui proposa un fauteuil et une boisson chaude.

— Fais comme chez toi. J'étais en train de me faire du thé, tu en prendras une tasse ?

— Oui, volontiers ! Merci Madeleine.

Madeleine revint de la cuisine avec la théière et deux petites tasses en porcelaine de Chine. Elle prit place en face de Martha et ne put s'empêcher de poser la question pour laquelle elle connaissait déjà la réponse.

— C'est Pascal qui t'a fait ça ?

— Tu penses bien que oui...

— Et ça dure depuis longtemps ?

— Trop longtemps !

— Qu'est-ce que tu comptes faire ?

— Je suis partie avec armes et bagages. Après les injures régulières et les violences, j'ai décidé de porter plainte cette fois-ci. Pour que cela cesse enfin. Après, je retourne chez ma mère. Elle me comprendra car elle aussi a subi des violences de mon père, enfin... mon géniteur.

— Tu as raison, il faut porter plainte sans attendre. Tu es passée chez ton médecin pour qu'il constate les dégâts ?

— Oui. Il m'a examinée et demandé de faire des photos pour étayer le dossier.

— On va les faire tout de suite, avant que les hématomes ne s'estompent.

— D'accord ! Faisons cela maintenant ! Après la petite séance photo, elle poursuivit : avec la confirmation de la maltraitance sur ordonnance, j'ai un dossier complet pour ma plainte.

On pouvait voir dans ses yeux toute l'empathie de Madeleine envers son amie. Après un court silence, elle se mit à parler :

— Hélas, tu es loin d'être la seule dans ce cas...

Martha fixa Madeleine qui baissa les yeux pour lui faire comprendre qu'elle aussi était une victime de violences conjugales.

— Tu connais bien mon histoire, Madeleine. J'aimerais aussi que tu me racontes la tienne. Pourquoi n'as-tu jamais rien dit ? C'est important de parler, tu sais. Ça fait toujours du bien. Enfin, si tu le souhaites...

Madeleine prit une gorgée de ce fabuleux rooibos – le célèbre thé rouge d'Afrique du Sud – et reposa sa tasse délicatement avant de s'affaler contre le dossier du fauteuil. Elle regarda son amie un long moment avant de commencer à raconter son histoire. Démarche difficile mais nécessaire. Elle parla de son mari, Hans Karst, dont elle était divorcée depuis plus d'un an. Un homme gris et terne, la petite soixantaine en surcharge pondérale, toujours préoccupé par les problèmes concernant la gravière dont il était le patron incontesté. Il était plus souvent à son travail qu'à la maison. Il n'avait pas compris qu'on travaille pour vivre et non le contraire.

— Tu sais que Hans travaillait beaucoup à la gravière qui, selon moi, était devenue sa seule raison de vivre. Je passais toujours après son travail. Quand il rentrait, il exigeait que le repas soit prêt, soi-disant que j'avais le temps vu que je ne travaillais plus depuis que nous étions mariés. Mais c'est surtout parce qu'il me l'a interdit. Le moindre détail qui n'était pas parfait, selon lui, suffisait à l'énerver et à le faire se défouler sur moi verbalement. Il n'était jamais à court d'insultes quand cela me concernait. Certains mots font plus mal que les coups. Il a tout fait pour m'éloigner de mes amis et même de ma famille, qu'il jugeait comme autant d'incapables ou de fainéants, plusieurs personnes étant sans emploi. Il avait un égo surdimensionné et pensait être le seul à détenir l'ultime vérité. Il m'obligeait à consigner toutes les dépenses de la maison sur un tableur installé sur l'ordinateur. Quand je lui ai demandé pourquoi, il me répondait que c'était pour savoir où on en était financièrement. Je pense, avec le recul, que c'était plutôt pour me contrôler et pour que je ne dépense pas plus que nécessaire. Quand il s'est aperçu qu'un retrait concernait un achat de chaussures, il s'est mis dans une rage folle, en me disant que ce n'était pas nécessaire alors que lui change de vêtements assez souvent. Des frais de représentation, disait-il ; tu comprends, dans ma position...

— Il trouvait toutes les excuses pour avoir le dernier mot.

— Oui, et comme il a une voix et une stature qui impressionnent, je me laissais faire comme une conne. Il a même été jusqu'à changer mes meubles qu'il n'aimait pas pour les remplacer par les siens, malgré mes protestations. Il avait ouvert un compte commun en Allemagne, d'où il est originaire, sur lequel il versait de l'argent tous les mois pour les dépenses du ménage. Pour que je puisse disposer d'un minimum pour le fonctionnement de la maison. C'est allé tellement loin, qu'il m'a fait signer un papier qui me faisait renoncer à ma maison, alors que j'en suis l'unique propriétaire. Pour arriver à ses fins, il a même essayé de me faire interner sous un prétexte fallacieux. Tu te rends compte jusqu'où ce pervers est allé dans la manipulation ?

— Oui, là c'est un cas pour la science !

— En plus, il jouait les victimes en pleurant auprès de ses amis pour leur faire croire que c'est moi qui avais un problème. Il pleurait vraiment comme un crocodile, c'est un excellent comédien. Il inversait les rôles afin de leur faire croire que c'est moi qui étais responsable de son mal-être. Il a même essayé de me faire peur en me disant qu'en Allemagne, quand il avait un problème, on faisait appel aux Russes. Comme je ne comprenais pas l'allusion, il a mimé un pistolet en le pointant sur moi, ce qui me fit fondre en larmes. J'étais choquée. J'essayais de comprendre comment on avait pu en arriver là, à ce point de non-retour. J'ai rejoint un groupe de parole de femmes victimes de violences, et cela m'a fait du bien d'en parler, même à des personnes que je ne connaissais pas. Grâce à ces discussions avec mes sœurs de douleur, j'ai pris la décision de porter plainte et de demander le divorce pour mettre fin à mes souffrances. Comme j'étais sûre qu'il allait mal réagir, j'ai fait changer les serrures de la maison. Quand il s'en est aperçu, il est entré dans une rage folle en essayant de défoncer la porte. C'est quand j'ai menacé d'appeler les gendarmes qu'il s'est calmé et éloigné de la maison. C'est souvent au moment d'une séparation que certains hommes deviennent encore plus violents, jusqu'à tuer pour ne pas perdre la femme qu'ils considèrent comme leur appartenant et commettre un féminicide, un crime de propriété. Il a bien sûr menacé de se suicider afin de me culpabiliser encore un peu plus. Mais je savais qu'il ne le ferait jamais et que son chantage n'avait pas de prise sur moi. J'étais terrorisée à l'idée qu'il puisse s'en prendre à moi physiquement, tu comprends... Je n'aurais pas fait le poids ! Et je ne serais sans doute plus là aujourd'hui pour te raconter mon histoire...

Martha accusait le coup. Elle n'en revenait pas d'entendre cette histoire incroyable.

— Je vais te donner les coordonnées de cette association et celles de mon avocat, enfin le deuxième, dit Madeleine.

— Pourquoi le deuxième ?

— Parce que le premier m'avait demandé huit cents euros avant de commencer les premières démarches. Ne pouvant payer cette somme, j'ai choisi un autre avocat, qui lui, ne m'a rien demandé : bizarre, non ?

— Effectivement, certains avocats ont des pratiques douteuses.

— Ce nouvel avocat a réussi à me faire gagner le procès avec toutes les preuves que j'avais amassées. Mon ex-mari a été obligé de me verser la moitié de nos économies, somme suffisante pour prendre un nouveau départ. Comme je ne pouvais pas contrôler les comptes, il m'avait parlé de notre épargne en évoquant une somme représentant la moitié de nos économies réelles. L'avocat a eu vite fait de démonter son système de fraude et de mensonges.

— Eh bien, quelle histoire !

— Oui, hein. Attends, ce n'est pas fini ! Quelques mois après que le divorce a été prononcé et que je me suis enfin libérée de ce monstre, un homme de grande stature, vêtu d'un long manteau et une mallette à la main est venu sonner chez moi. Quand j'ai ouvert la porte, je me suis souvenue de la menace de Hans, de régler les problèmes avec des Russes armés jusqu'aux dents. Ne pouvant émettre aucun son, muette d'effroi, je l'ai laissé parler.

— Bonjour madame, vous avez entendu parler des cambriolages dans la région ?

— Non... Je ne suis pas au courant.

— La maison est équipée d'une alarme ?

— Non, c'est plutôt calme par ici, vous savez...

— Il y a quand même des maisons du village qui ont été visitées récemment par des cambrioleurs qui, de plus, ont mis la maison à sac avant de repartir !

Transie de peur devant ce géant, je me suis empressée de refermer la porte en expliquant que je n'avais besoin de rien. Il a fait demi-tour et a disparu au bout de la rue. J'ai tout de même appelé la gendarmerie. Le jour même, deux gendarmes en uniformes sonnaient chez moi. Ils m'ont posé des tas de questions.

— Vous êtes sûre qu'il était russe ? Il vous a parlé en russe ?

— Non, en français. Je ne comprends pas le russe !

— Que voulait-il, exactement ?

— Il m'a parlé de cambriolages qui auraient eu lieu dans la région, mais je ne sais pas ce qu'il voulait exactement.

Les deux gendarmes se regardaient dubitativement.

— Pourriez-vous le décrire, madame ?

— Oui, c'est un homme grand, une barbe fournie et les yeux bleus très clairs. Il portait un long manteau et une mallette noire qu'il tenait d'une main gantée.

— Bien. Nous allons ouvrir une enquête et on vous tient au courant.

— Merci beaucoup, messieurs !

— Au revoir, madame ! dirent les gendarmes en saluant.

Je n'étais pas très rassurée de savoir cet inconnu dans les parages. Les gendarmes sont passés quelques jours plus tard pour m'informer que mon Russe était en fait un représentant en systèmes d'alarme. Depuis, je suis plus tranquillisée quand même.

— Étonnant que les gendarmes se soient déplacés pour mener une enquête, dit Martha.

— Dans un village calme, ils ont un peu plus de temps, je pense…

Martha était abasourdie par l'histoire de Madeleine.

— Il t'a bien abimée ton ex-mari, dis donc ! Au point que tu as encore des symptômes post-traumatiques si longtemps après !

— Toutes ces souffrances sont effectivement difficiles à oublier. Mais chacun a son propre pouvoir de résilience pour se reconstruire.

— J'espère que je serai assez forte pour passer rapidement à autre chose, dit Martha.

— Commence par aller aux réunions de l'association d'aide aux femmes victimes de violences dont je viens de te donner les coordonnées. La directrice est une amie d'enfance. Tu verras que la parole libère et que nos sœurs de souffrances ont vécu l'enfer, elles aussi. Certaines s'en remettent assez vite, d'autres dépriment longtemps après sans pouvoir remonter la pente. Certaines vont même jusqu'au suicide !

— Jamais je ne ferais cela, ça lui ferait trop plaisir. Il aurait l'impression d'avoir gagné une deuxième fois. Divorcer pour m'éloigner de cette ordure sera ma victoire.

— Voilà la carte de mon avocat, si tu veux. Tu verras, il est très bien et très efficace.

Martha prit la carte avec un petit sourire, sourire d'espoir après le récit de Madeleine qui l'avait laissée un peu KO. Mais Martha était assez forte pour prendre les bonnes décisions.

Après plusieurs jours auprès de Madeleine, ponctués de rires, de larmes, et de ses bons petits plats qui remontaient le moral, Martha se décida à quitter son amie qui préparait déjà sa valise pour un voyage à l'étranger. Elle rassembla ses affaires en vrac dans ses deux sacs de sport et sortit de la maison pour les porter à sa voiture, suivie de Madeleine. Après d'intenses embrassades, Martha ferma le coffre et se retourna vers son amie.

— En tout cas, merci pour ces quelques jours de répit avec toi.

— Je t'en prie, entre amies, il faut bien s'entraider, non ?

— Oui, tu as bien raison. Je vais suivre les réunions de l'association, ce qui malgré les larmes de douleur devrait me faire beaucoup de bien.

— En plus, tu pourras te faire de nouvelles amies !

— Oui, certainement… Je te souhaite un bon voyage, Madeleine ! Tu vas où, au fait ?

— En Inde, Martha, pour la deuxième fois.

— Là-bas au moins, tu n'auras pas de problème de violence !

— Il est vrai que les Indiens sont des non-violents. Cela va me faire le plus grand bien ! Je te contacte à mon retour. D'accord ?

— Oui, bien sûr ! On ne se perd plus de vue. Tu pourras même passer chez ma mère à ton retour, tu sais qu'elle t'apprécie beaucoup !

— Moi aussi, je l'aime énormément !

— OK, alors on se reverra chez elle pour déjeuner dans son magnifique jardin, entourées de fleurs multicolores.

— Nous serons des fleurs dans les fleurs, précisa Madeleine en souriant.

Après de nouvelles effusions, elles se regardèrent.

— Merci pour ta confiance, Martha !

— Et réciproquement, pour m'avoir raconté toute ton histoire ! Tu es passée très près de l'enfer avec cet homme-là tout de même !

— C'est malheureusement vrai…

— Merci pour ton hospitalité et tes bons petits plats !

— Cela m'a vraiment fait plaisir, Martha ! Reviens quand tu veux !

Martha prit place dans sa voiture et démarra en trombe, saluant Madeleine de la main afin qu'elle ne voie pas les larmes qui commençaient à inonder ses joues.

IV

Après avoir parcouru plusieurs dizaines de kilomètres, Martha arriva enfin devant la maison de sa mère. Elle était sûre que Pascal ne pourrait jamais la retrouver là-bas car elle ne lui avait jamais présenté sa belle-mère. En arrivant chez Adèle Jennings, Martha sonna et courut sur le petit chemin qui séparait le portail de la maison de quelques mètres ; elle se précipita dans les bras de sa mère, en larmes.

— Martha ! Mais que t'arrive-t-il ?

— Il a recommencé, maman.

— Je m'en doutais ! C'est un monstre ! Il n'a aucun droit sur toi, tu ne lui appartiens pas !

— J'ai quitté l'appartement avec armes et bagages. Il a dû avoir une surprise en rentrant. Tu peux m'héberger quelque temps ?

— Mais oui, bien sûr ! Tu es ici chez toi, tu sais bien. Reste le temps que tu voudras.

— Merci maman. Je vais aller prendre mes affaires dans la voiture.

Quand Martha rentra avec ses deux sacs remplis de vêtements, Adèle lui posa une question essentielle :

— J'espère que tu vas porter plainte cette fois-ci ?

— Oui, sans doute. Mais je vais d'abord me remettre de toutes ces émotions.

— Tu as vu un médecin pour constater le délit ?

— Oui, il m'a auscultée, effectué quelques prélèvements et m'a remis un certificat prouvant la maltraitance.

— Tu as vu ta tête ? On devrait faire des photos pour ton dossier.

— Madeleine en a déjà fait quand les traces étaient encore fraiches…

— Il ne faut pas qu'il s'en sorte, sinon il va recommencer avec d'autres. N'oublie pas que c'est toi la victime. Tu n'es pas responsable de cette violence. S'il y a un coupable, c'est uniquement lui.

— Je te promets d'y penser… J'en ai déjà parlé à Madeleine, chez qui j'ai passé quelques jours qui m'ont fait le plus grand bien. Elle viendra nous rendre une petite visite dès son retour de voyage.

— Super ! Et si on se faisait un petit mojito pour te remettre les idées en place, suggéra Adèle. Qu'en penses-tu ?

— Même un grand ! Je pense que j'en ai bien besoin.

— Installe-toi sur la terrasse pendant que je nous prépare ce délicieux breuvage.

Martha prit place dans un grand fauteuil d'osier. Pendant quelques instants, elle se prit pour *Emmanuelle* en attendant de se faire servir le mojito salvateur. Quand Adèle posa le plateau sur la table, Martha eut un grand sourire. Elles prirent chacune un verre en le levant :

— À la nôtre, dit Adèle en faisant tinter les verres.

— À nous, maman !

La boisson fraiche coulait comme une rivière impétueuse dans la gorge de Martha et lui fit un bien fou.

— Je ne me souvenais plus que tu faisais un aussi bon mojito !

— Je vais te gâter un peu et te protéger aussi.

— Je suis assez grande pour me défendre toute seule, tu sais !

— Oui, je sais, pour te protéger de toi-même, voulais-je dire.

L'alcool montait à la tête de Martha qui n'en buvait que rarement ; l'ivresse qu'il lui occasionnait lui fit oublier un moment les péripéties de cette journée qui avait si mal commencé.

V

Martha se rendit à la gendarmerie le lendemain matin, son dossier sous le bras, afin de déposer plainte contre Pascal. Le gendarme de l'accueil était un peu réticent...

Bien souvent, ces femmes ont l'impression de ne pas être écoutées et reconnues en tant que victimes. Il est parfois difficile d'exhiber son intimité devant des inconnus, parfois misogynes, qui semblent ne pas comprendre, doutent de la véracité de leurs propos et à qui il faut tout réexpliquer plusieurs fois. Leur tortionnaire ayant parfois même réussi à les faire douter... Elles pensent ne pas être à la hauteur, il les a tellement dénigrées. Elles pensent être nulles, à côté de la plaque. Elles mettent un moment à comprendre qu'elles sont des victimes. Tant il est vrai que les femmes sont aujourd'hui encore perçues comme des êtres inférieurs et assujettis. Le lendemain du dépôt de plainte, elles vont parfois tellement mal qu'elles se demandent si elles ne vont pas la retirer, retourner à la maison, continuer à subir...

Le gendarme, visiblement dépassé, appela sa collègue.
— Gwendoline, un dossier pour toi !
Martha fut sauvée par la collègue féminine du gendarme qui vint à sa rescousse et la pria de la suivre dans son bureau.
— Vous venez porter plainte pour coups et blessures, si j'ai bien compris.
— Oui, répondit Martha. Les hématomes se sont un peu atténués, mais j'ai des photos faites juste après les vio-

lences et un certificat médical qui prouve la maltraitance.

— Je vous en prie, prenez place.

Martha remercia l'adjudant de gendarmerie en lui tendant son dossier.

— Nous avons justement créé cette cellule pour traiter les plaintes pour violences faites aux femmes, ce qui est malheureusement plus que nécessaire. Nous avons suivi une formation spécifique de cent-vingt heures pour être à même de traiter ce genre de dossiers délicats. Il y a de plus en plus de femmes qui déposent plainte et c'est vraiment une bonne chose que la parole se libère et que les auteurs soient punis.

Martha eut un petit soupir de soulagement.

Combien de femmes sont ridiculisées et leurs revendications prises par-dessus la jambe. Parfois elles ne sont pas comprises du tout et on leur répond que ce n'est pas si grave que cela… Elles peuvent aussi appeler le 3919, le numéro de référence en matière de lutte contre les violences faites aux femmes, pour trouver une oreille attentive. Si une personne est témoin ou victime d'une situation de danger grave et imminent, le numéro à appeler reste celui de la police, le 17. La ligne d'écoute 3919 enregistre deux cents appels par jour en moyenne. Il est nécessaire d'ouvrir les yeux et d'agir. Rien qu'en France, une femme meurt sous les coups de son conjoint tous les trois jours. Martha a eu de la chance de tomber sur une personne bien formée et qui, en plus, se soucie vraiment du bien-être des femmes.

L'adjudant de gendarmerie ouvrit le dossier et eut un mouvement de recul en voyant les photos.

— Ah oui, quand même ! Il vous a bien amochée ! Elle parcourait toutes les pages. Le courrier du médecin est sans équivoque, votre plainte est donc recevable. Je vais vous demander de remplir ce formulaire de vingt-trois questions pour avoir les informations sur vous, la victime, sur l'auteur des faits et sur le contexte des violences. Cela nous permettra d'avoir de bonnes bases pour lancer l'enquête.

Martha se prêta de bonne grâce à donner tous les renseignements précis et nécessaires pour que l'enquête avance efficacement.

— Un médecin de l'unité médico-judiciaire va encore examiner les blessures et les hématomes, pour compléter le dossier. C'est la procédure. Elle prit son téléphone et composa un numéro. Tu peux venir tout de suite, Momo, pour prendre des mesures d'hématomes.

Elle raccrocha et tenta de rassurer Martha :

— Il ne va pas tarder, mais c'est une formalité nécessaire…

— Je comprends bien, dit Martha, pas de problème !

Momo fit irruption dans la pièce quelques minutes plus tard en saluant les deux femmes.

— Bonjour, mesdames !

— Je vous présente le docteur Mohamed Belkacem, notre légiste !

Martha lui fit un petit sourire de courtoisie.

— Qu'avons-nous, Gwen ?

— Regarde un peu ça, Momo, c'est terrible !

— Ah oui, il n'y est pas allé de main morte, dis donc !

Il regarda Martha.

— Il vous a bien abimée, dites donc ! Vous auriez dû venir juste après les faits. Les hématomes se sont un peu estompés, mais il est tout de même possible d'en relever les dimensions. Si vous voulez bien vous soumettre à cette petite torture...

— Oui, bien sûr.

Martha se prêta de bonne grâce à ce dernier examen médical un peu pénible. Le médecin examina toutes les ecchymoses, même légères.

— Voilà, c'est terminé ! J'ai pris toutes les mesures et je t'envoie mon rapport rapidement, Gwen !

— Merci, Momo ! Je compte sur toi.

— Comme d'habitude ! répondit-il en souriant.

En se tournant vers les deux femmes, il ajouta :

— Mes respectueux hommages du matin, mesdames !

— Désolé, mais il est toujours comme ça. Cela nous aide à faire baisser un peu la tension. Mais nous prenons très au sérieux votre situation, je vous rassure !

— Je comprends bien. Rassurez-vous, je vous fais entièrement confiance.

La femme gendarme esquissa un petit sourire, avant de préciser :

— Au vu de ses origines marocaines, il explique toujours avec humour que Momo n'est pas le diminutif de Molière ni de Mozart... même s'il écrit de belles chansons. C'est aussi un excellent joueur de oud.

Martha eut un petit sourire d'approbation.

Une fois la plainte enregistrée au T.A.J. *(le Traitement d'antécédents judiciaires est un fichier commun à la po-*

lice et à la gendarmerie nationale), il fallut de longs mois avant que le procès se déroule et se termine par un jugement « classé sans suite », car c'était parole contre parole. Malgré les preuves accablantes, Pascal fut relaxé. Ce qui fit rager Martha. Les magistrats, essentiellement des hommes supposés protéger, en sont toujours à la suprématie masculine. Quelle tristesse… Si le juge avait été une femme, l'issue du procès aurait sans doute été différente…

Les femmes sont souvent très seules à leur procès, souvent reniées par leur propre famille, accusées d'avoir brisé la famille. Généralement, il y a une inversion des rôles. La famille fait peser cet échec sur la victime qui prend tous ces reproches déformés dans la figure et se sent encore plus désemparée.

VI

Hans Karst, l'ex-mari de Madeleine, était fier de son entreprise qui fonctionnait plutôt bien. Son équipe était composée de personnes compétentes et qui, ensemble, faisaient évoluer la société rapidement. Le carnet de commandes était plein, ce qui était une grande satisfaction. Cependant il aimait contrôler toutes les étapes du travail, pour éviter les problèmes disait-il, car il était soucieux de toujours satisfaire ses clients. Il profitait de l'ennui dominical pour inspecter son chantier à la gravière. Il appréciait le calme de l'endroit quand les ouvriers n'étaient pas là. Il promenait sa silhouette ronde partout sur son terrain en faisant le tour de la sablière à l'eau turquoise. Il contourna les engins de chantier, vérifiant qu'il n'y avait pas de soucis, pour enfin s'arrêter au concasseur. Il monta le petit escalier métallique de l'engin afin de vérifier le bon fonctionnement de la machine et du tapis roulant, qui avaient eu des problèmes quelques jours auparavant. Il mit le moteur en service, actionna le mouvement de la rampe qui se mit en marche immédiatement. Satisfait, il coupa le moteur après quelques minutes et le concasseur s'immobilisa. La machine fonctionnait très bien. Cela lui fit plaisir et occasionna un petit sourire, ce qui ne lui arrivait pas très souvent.

C'est à ce moment précis qu'il tomba inanimé sur le tapis roulant. Une nappe de sang rougit immédiatement le ruban de caoutchouc. La rampe pivota doucement, jusqu'à se retrouver au-dessus de l'étang. Le tapis roulant se mit en marche en emportant le corps inanimé de Hans Karst. Secoué de soubresauts, il roula jusqu'à l'extrémité avant de plonger pour disparaitre dans les eaux claires. Après ce plongeon, le concasseur n'émit plus aucun bruit. Un silence assourdissant suivi cet épisode dramatique. Il ne restait que quelques ronds dans l'eau à la surface, autour du corps flottant de la victime.

Le lundi matin, les ouvriers découvrirent la surprenante position du concasseur dirigé vers l'eau et trouvèrent cela étrange. Un contremaitre essaya en vain de joindre le patron. Il tombait à chaque fois sur sa boîte vocale et il finit par laisser un message. Il se hasarda à contacter son ex-femme, qui lui demanda de ne plus l'appeler car ce n'était plus son problème.

Comme le patron était toujours le premier sur le chantier, son absence était vraiment inquiétante. Le contremaitre décida d'une réunion pour commencer le travail, tout en vérifiant les commandes et en donnant les ordres aux ouvriers. Toutes les tâches étaient inscrites sur le planning de la semaine. Vers midi, comme il faisait relativement beau, les ouvriers cassèrent la croûte à l'extérieur, devant leur cabane. Lors de la reprise du travail, l'ouvrier chargé de faire démarrer le concasseur monta dans la cabine et aperçut un corps qui flottait sur l'eau en contrebas. Avec l'amoncèlement de gravier, il n'y avait que depuis le haut de la machine que l'on pouvait apercevoir le corps. Avec d'autres collègues, il entreprit de ramener cette dépouille flottante sur la rive à l'aide de piques de bois. C'est à l'approche de la berge qu'ils reconnurent la victime. Il s'agissait de Hans Karst, leur patron absent. Le contremaitre, averti, appela la gendarmerie qui envoya immédiatement une patrouille sur place.

Le commandant Cécile Mangin, à la tête de la gendarmerie de la ville, est une véritable Bretonne. Une « tête de granit » volontaire qui va toujours au bout de ses idées sans céder un pouce de terrain. Grande rousse aux yeux verts d'une quarantaine d'années, elle est issue d'une longue lignée de militaires. Elle n'a pas vraiment choisi la Gendarmerie, car c'était un chemin tout tracé, comme une évidence pour elle. Ses parents étaient gendarmes tous les deux. Quoi qu'elle en dise, elle a toujours eu du mal à se remettre de la perte de son frère Vincent, décédé deux ans plus tôt dans une opération au Mali. Son « petit frère », plus jeune de cinq ans, était son préféré même si elle s'entendait très bien avec ses deux sœurs. Cela restera toute sa vie une profonde blessure et explique en partie sa vie privée désastreuse...

Le capitaine Amandine Drot, son bras droit, est une petite brune aux yeux marrons, toute en rondeurs et d'une petite trentaine d'années. Originaire d'Annecy, cette Savoyarde bon teint a elle aussi un caractère bien trempé. Mais elle est sans doute plus sensible, voire romantique, que sa supérieure hiérarchique. Elle adore faire des balades en forêt, prendre son temps pour rêver en écoutant le silence. Ses parents lui ont suggéré la Gendarmerie, pour se restructurer après une longue période d'errance accompagnée de moult paradis artificiels et de périodes de chômage. Elle se sent plutôt bien dans cette nouvelle carrière, même si elle a toujours un peu de mal avec les ordres et à la vue d'un cadavre. Dans son travail, qui exige plutôt de la réactivité, elle arrive facilement à s'adapter : bien obligée !

Si leur tandem fonctionne aussi bien, c'est sans doute parce que les Bretons et les Savoyards ont des traits de caractère communs... Pas facile de les contredire quand ils sont persuadés d'avoir raison. Même si parfois, ils lâchent un peu de lest...

Cécile Mangin, flanquée d'Amandine Drot, arriva sur place la première. Habillées en civil, elles se présentèrent au contremaitre en montrant leur carte professionnelle.

— Bonjour ! Gendarmerie Nationale. Commandant Mangin et Lieutenant Drot.

— Oui, bonjour ! Hervé Keller, je suis le contremaitre. C'est moi qui vous ai appelées !

Malgré l'absence de documents sur le corps, elles furent rapidement informées de l'identité de la victime.

— Il s'agit de Hans Karst, le patron de la gravière, leur dit Keller.

— J'espère que vous n'avez touché à rien, dit Cécile en s'adressant aux ouvriers.

— Non, nous l'avons seulement tiré vers la rive et laissé là jusqu'à votre arrivée.

— Amandine, appelle la légiste et la scientifique.

Celle-ci s'exécuta immédiatement.

— Elle sera là dans vingt minutes avec l'équipe de la PTS.

— OK, merci. On peut déjà faire les premières constatations, je pense.

— Oui. Je vais délimiter un espace autour du corps.

En observant le noyé de plus près, Cécile tiqua.

— Tu as vu le trou dans la tête ?

— Oui, tu as raison, ce n'est sans doute pas un accident.

— Non, cela ressemble fort à un homicide.

Amandine commença à interroger les employés sur place.

— Vous lui connaissiez des ennemis ?

— Non, pas vraiment, répondit le contremaitre après avoir cherché des réponses dans les yeux de ses collègues.

— Un concurrent jaloux, peut-être ? demanda Cécile.

— Non, nous n'avions pas vraiment de concurrence, vous savez, c'est plutôt tranquille par ici.

— C'était..., dit Cécile. Bon, on va attendre la légiste pour approfondir l'examen du corps.

— On peut reprendre le travail, commandant ? demanda le contremaitre.

— Non, non. On ne touche à rien avant que la PTS ne soit passée. J'ai bien peur que vous soyez au chômage technique quelques jours. On vous contactera dès que vous pourrez reprendre le travail.

— Bon, les gars, rentrez chez vous, je vous appelle dès qu'on pourra reprendre le boulot.

Les ouvriers se regardèrent. On pouvait lire l'inquiétude sur leurs visages.

Vous avez le numéro et l'adresse de sa femme ?

— Oui, mais c'est son ex-femme...

Le contremaitre lui donna les renseignements demandés.

— Quand la scientifique et Babeth seront passés, nous irons lui rendre une petite visite pour lui annoncer la mauvaise nouvelle, dit Cécile à Amandine.

Amandine acquiesça avec une moue qui en disait long sur cette démarche nécessaire, mais toujours très pénible.

Élisabeth Leprince, la légiste, soixante ans, cheveux poivre et sel, petite femme mince aux yeux bleus espiègles, arriva dans sa belle combinaison blanche, suivie de toute l'équipe de la police scientifique.

— Salut les filles ! Qu'est-ce que vous avez pour moi, aujourd'hui ?

Amandine lui désigna le cadavre à demi immergé qui gisait sur la rive. La légiste entreprit de commencer son travail sans attendre et s'agenouilla près du corps. Elle tourna la tête de la victime pour voir la plaie crânienne.

— Eh ben ! Joli trou ! Gros calibre... je dirais du 7.62 ! Pas de traces de coups ni de défense... Je dirais que le tireur était posté à plusieurs dizaines de mètres de sa cible. Net, précis et sans bavures, sans doute un tireur d'élite. Comme la balle est entrée sur le côté, il n'a rien vu venir avant de s'écrouler, sur la rampe au vu des traces de sang. Il a été trimballé jusqu'au bout avant de plonger. Je vais emmener le bonhomme pour l'autopsie qui va nous éclairer davantage.

— Tu arrives à situer l'heure de la mort ?

— Pas précisément, mais je dirais hier en fin d'après-midi. Je le saurai précisément quand je l'aurai examiné d'un peu plus près. Il n'a pas dû couler au fond. Avec la mort immédiate et son obésité, les poumons remplis d'air lui ont permis de flotter jusqu'à maintenant.

Elle mit la main sur la bouche de la victime pour l'ouvrir et fut surprise d'y voir du gravier.

— Son dernier repas, sans doute. Il devait avoir un estomac solide pour digérer cela.

Élisabeth s'adressa au responsable de la PTS :

— Vous pourrez me l'envoyer dès que vous aurez terminé vos investigations !

— Oui, docteur. On va pouvoir faire vite, je pense. Comme il n'y a pas de traces autres que l'unique balle dans la tête... et les traces de pas des ouvriers ont pollué la scène de crime, rajouta-t-il avec une moue de déception.

— Ben oui, il faut les comprendre, ils voulaient sortir leur patron de l'eau. Enfin... faites au mieux !

— Comme d'habitude, répondit-il.

Peu après, le commandant Mangin et le capitaine Drot se retrouvaient avec les hommes de la balistique pour définir le *trajecto* – trajectoire de tir permettant de déterminer la position du tireur – malgré l'absence de traces.

— La tempête de cette nuit a dû certainement tout effacer, dit Amandine.

— Oui, mais les gars sont très forts. Ils peuvent tout de même trouver l'endroit où le tireur était positionné grâce à quelques marques de dépression dans le gravier, ajouta Cécile. La balistique a finalement réussi à déterminer l'angle de tir et la distance du coup de feu mortel. Des cavaliers jaunes avaient été mis en place pour déterminer les objets avec des numéros et le corps par une lettre. Un gendarme avait pris la place du tireur couché sur un tas de gravier à quatre-vingts mètres de sa cible et confirmé l'angle de tir et la distance.

— C'est certainement un excellent tireur, dit le responsable balistique à Cécile. Une seule balle à quatre-vingts mètres et toucher la tête, c'est un champion de tir, assurément !

— Oui, c'est sûr. Mais sans indices supplémentaires, cela ne va pas nous aider à avancer beaucoup.

— Désolé, commandant, mais c'est tout ce qu'on a trouvé. Pas de traces de pas. Vu la tempête orageuse de la nuit, ils ont sans doute été effacés. Et bien sûr, pas d'ADN ! L'assassin portait sûrement des gants. Ni aucune douille de 7.62 bien sûr. Il l'aura certainement récupérée avant de filer.

— Trop facile de trouver des indices tout de suite ! Il n'a rien laissé au hasard, dit Cécile.

— S'il n'y a pas de douille, pas d'ADN ni d'empreintes, cela veut dire que le tueur est sans doute un professionnel et certainement très intelligent, commandant.

Les hommes de la balistique, ne pouvant rien faire de plus, remballèrent leur matériel et repartirent aussitôt.

— Je vous fais parvenir les photos rapidement, commandant.

— Oui, merci !

Cécile et Amandine étaient dépitées.

— L'enquête risque d'être compliquée, dit Amandine.

— Oui, mais je préfère ça aux affaires trop faciles. Là, on risque d'avoir du fil à retordre, mais c'est tellement plus excitant, tu ne trouves pas ?

— Oui, tu as raison, souligna Amandine en passant la main dans le dos de Cécile. Il va falloir essayer d'entrer dans la tête du tueur pour comprendre ses motivations... Bon, on va retrouver Babeth ?

— Yes, c'est parti !

Le docteur Leprince examinait le corps minutieusement quand Cécile et Amandine entrèrent dans la morgue.

— Alors, cette autopsie ? lança Cécile.

— On est un peu plus avancés ! Je peux situer la mort entre seize et dix-huit heures, la veille. Pas de traces de lutte ni de défense et pas d'étranglement non plus. Pas de noyade non plus, il n'y avait pas d'eau dans les bronches : le ballast des poumons l'a aidé à rester en surface, comme je le supposais. Des traces d'emphysème, signe d'une tabagie importante. Une seule balle tirée à longue distance par un tireur expérimenté.

— Vraiment rien d'autre ? insista Amandine.

— Non. Une balle tirée avec précision dans la tête. Il a dû tomber sur le tapis roulant de la concasseuse et l'assassin a certainement rempli brutalement sa bouche de gravier, au vu des lésions autour et à l'intérieur de la cavité buccale. Il a ensuite déplacé la rampe au-dessus de l'eau et actionné la machine pour se débarrasser du corps. Et plouf ! Fin de l'histoire.

— Pour nous elle commence, dit Cécile. La balistique a réussi à déterminer l'endroit d'où a été tiré le coup de feu fatal et cela nous donne déjà un petit indice. Merci Babeth !

Les deux officiers s'apprêtaient à tourner les talons quand Élisabeth les interpela :

— Attendez, je vous ai gardé le meilleur pour la fin !
— Toi et tes effets de surprise, franchement..., dit Cécile.

Élisabeth, la légiste espiègle, sourit, car elle aimait faire durer le suspense et voir la tête de ses collègues à chaque annonce qui résonnait comme un coup de théâtre.

— Regardez, vous n'allez pas être déçues.

Élisabeth leur tendit un petit sachet contenant la balle extraite du crâne de la victime.

— C'est la balle qui a tué notre homme, je suppose. Un calibre de 7.62 bien sûr. Tu nous l'as déjà dit ! s'étonna Amandine.

— Regardez-la d'un peu plus près, les filles.

Cécile observa la balle sous la loupe éclairée.

— Ouah ! Le nom de la victime est gravé sur la balle : HANS.

— C'était donc bien prémédité, ajouta Amandine.

— Oui, une victime bien ciblée, une seule balle avec son nom gravé. Le tireur connaissait bien sa cible. Et la lumière s'est éteinte pour lui. Il est mort sur le coup. Il ne s'est même pas rendu compte du plongeon dans l'eau de la gravière.

VII

Les deux officiers prirent place dans leur véhicule pour se rendre à l'adresse donnée par le contremaitre afin d'annoncer la triste nouvelle à l'ex-femme du défunt. Tout excitées à l'idée de suivre cette affaire. Amandine en profitait pour téléphoner à Hervé Keller, le contre-maitre de la gravière, pour l'informer de la possibilité de reprendre le travail le lendemain, toutes les exper-tises ayant été faites sur le terrain.

En sonnant à la porte, Cécile et Amandine déclenchè-rent les aboiements d'un petit caniche abricot tout ébouriffé qui s'égosillait à essayer de leur faire peur. Pas du tout impressionnées par le petit monstre bruyant, elles passèrent la porte d'entrée en exhibant leur carte.
— Madeleine Karst ?
— Oui, c'est moi. C'est pour quoi ?
— Bonjour, madame. Pourrions-nous vous parler ? dit Amandine.
— Oui, bien sûr ! Mais que se passe-t-il ?
— C'est au sujet de votre mari, lança Cécile.
— Mon ex-mari, corrigea-t-elle. Allez-vous enfin me dire pourquoi vous débarquez chez moi, à la fin ?
— Nous sommes au regret de vous annoncer son décès.
Madeleine eut un moment d'absence et Amandine la soutint pour la conduire sur le canapé du salon où elle l'installa.
— Vous voulez un peu d'eau, madame Karst ?
— Non, ça va aller. Merci beaucoup. Vous êtes gentilles. Je viens de rentrer de voyage et je suis encore sous l'em-

pire du décalage horaire. Et cette nouvelle, vous comprenez...

Cécile et Amandine lui racontèrent le déroulement des évènements et Madeleine fut sidérée d'apprendre la mort violente de son ex-mari.

— En fait, nous sommes divorcés depuis plus d'un an déjà. Comme c'était un grand fumeur depuis plus de vingt ans, il avait contracté un emphysème pulmonaire. Mais il continuait tout de même à fumer...

— Je comprends mieux. Mais sa disparition a tout de même l'air de vous toucher...

— Oui, avec tout ce qu'il m'a fait endurer, je ne pensais pas que cela m'affecterait autant.

Cécile se tourna vers Madeleine.

— Racontez-nous, madame Karst.

Ils laissèrent Madeleine quelques instants pour qu'elle recouvre un peu ses esprits. Prenant une inspiration, Madeleine raconta le calvaire qu'elle avait subi avec celui qui était son mari, comme elle l'avait dévoilé à Martha quelques semaines auparavant. Au cours de ce récit invraisemblable, les deux gendarmes n'en croyaient pas leurs oreilles. Elles pensaient que ce qu'elles entendaient était impossible. Elles eurent du mal à prendre des notes tant le récit était fort, et mirent un certain temps avant de remettre leurs idées en place.

— À votre connaissance, Hans Karst avait-il des ennemis ?

— Pour que son nom soit gravé sur la balle, il en avait au moins un.

Madeleine réfléchit un moment.

— Pas que je sache. Mais je ne m'occupais pas de ses affaires, d'autant qu'il ne me racontait quasiment rien sur ses activités professionnelles. C'était son royaume, il était le roi, personne ne pouvait y entrer sous peine d'être vertement remis à sa place. Si son nom était gravé sur la balle, c'est forcément quelqu'un qui le connaissait !

— Nous sommes arrivés à la même conclusion, madame Karst, mais nous n'avons trouvé personne dans son entourage, pour l'instant, qui pouvait lui en vouloir au point de le supprimer.

— Vous avez des enfants ? demanda Amandine.

— Non. Vous comprenez mieux pourquoi, maintenant ! Les deux officiers approuvèrent en opinant du chef.

— Désolé de vous avoir dérangée pour vous apprendre une si mauvaise nouvelle !

— Pas si mauvaise que ça, répondit Madeleine. J'en suis définitivement débarrassée maintenant ! Les symptômes post-traumatiques vont peut-être s'estomper plus rapidement !

— Portez-vous bien, rajouta Amandine.

Cécile et Amandine quittèrent Madeleine pour prendre place dans leur voiture.

— Ce n'est pas possible ! cria Amandine, quel ignoble personnage.

— Malheureusement si. C'est un cas assez gratiné, j'en conviens. Je ne pense pas qu'elle nous ait menti.

Amandine accusa le coup et resta silencieuse.

— Même un salaud de cette espèce a le droit que l'on retrouve son assassin, commenta Cécile. Je te propose de commencer par prendre contact avec son opérateur téléphonique pour qu'il nous envoie ses fadettes, son portable étant complètement inutilisable et sans être certain que le numéro de l'assassin s'y trouve.

Le reste du trajet se déroula dans un calme olympien. Elles étaient conscientes de la difficulté de cette enquête, mais elles aimaient prouver qu'elles étaient plus fortes qu'un assassin, quel qu'il fût.

VIII

Martha Jennings fréquentait assidument les réunions de l'association pour la libération de la parole des femmes violentées, que lui avait indiquée Madeleine. Elle voulait essayer de raconter son histoire et écouter celles des autres. Elle réussit finalement à raconter difficilement son calvaire parsemé d'insultes, de cris et de coups. Ce fut un accouchement douloureux mais libérateur. Durant chaque récit, l'assemblée restait attentive et muette, abasourdie par les confidences de la femme qui livrait son histoire intime.

Elle se prit d'amitié pour Yasmina, une sympathique laborantine de vingt-cinq ans. Elle avait une magnifique chevelure de jais et de petits yeux noirs. Enceinte de huit mois, elle subissait un long calvaire. Quand ce fut à son tour de parler, son histoire commença par un long silence, comme une hésitation. Les autres femmes la regardaient et l'encourageaient des yeux à commencer son récit. Elle parla de son compagnon, Éric Sanchez, un enseignant de vingt-huit ans, un grand maigre aux cheveux longs toujours sales. Il portait un éternel pull en jacquard vert et un pantalon de velours côtelé qui lui donnaient un petit air d'étudiant boutonneux, en fumant son éternel joint qu'il coinçait à la commissure des lèvres.

— Vas-y Yasmina, lance-toi, dit une participante. Nous t'écoutons. Nous ne te jugerons pas, sois tranquille.

Elle entama enfin son récit d'une toute petite voix remplie d'une émotion incontrôlée.

41

— Éric, mon compagnon, a toujours été un grand calme avant de se mettre à fumer du hachich. Il a commencé à avoir des sautes d'humeur, sans doute dues aux nombreux joints qu'il fumait à longueur de journée et entre les cours de français, qu'il enseigne au lycée Gambetta depuis plusieurs années. Il ne s'est pas rendu à plusieurs rendez-vous prénataux et même pour certains déjeuners où je me retrouvais finalement seule à table. Pendant les vacances scolaires, cela lui arrivait de disparaitre plusieurs jours sans prévenir ni donner de nouvelles. Quand je lui ai annoncé ma grossesse, il était ravi de devenir père, mais maintenant que l'échéance approche, j'ai l'impression qu'il se désintéresse de cet enfant qu'il a pourtant désiré autant que moi.

Yasmina fit une courte pause pour boire un peu d'eau et reprendre son souffle et son courage. Elle parcourut du regard l'assemblée qui semblait captivée par son récit.

— Hier soir, il était tellement excité en rentrant du travail qu'il m'a attrapée par le cou et j'ai décollé du sol. Il a essayé de m'étrangler en me jetant sur le lit. Je lui ai demandé d'arrêter, mais en vain. Je pensais que c'était un jeu, et j'ai essayé de trouver les raisons de son geste qu'il n'a pas réussi à m'expliquer. J'ai pensé à une dépression liée à son travail très fatigant, ou à la peur de devenir père pour la première fois. Il souffle le chaud et le froid en permanence. Après les compliments pleuvent les insultes et le chantage au suicide par peur de ne pouvoir assumer son nouveau rôle. Les violences verbales sont de plus en plus fréquentes et sans le culpabiliser. Elles ne s'arrêtent jamais... Il me parle toujours sur un ton monocorde et jamais de communication directe, pour bien me faire sentir qu'il m'est supérieur, que je ne suis rien et qu'il peut donc me détruire. *Tu t'es regardée dans la glace ? T'es moche ! Tu ne ressembles à rien.* Puis, il s'excuse les larmes dans les yeux. Il inverse les rôles. De persécuteur il devient victime. *Je n'aurais jamais dû dire ça. Je t'aime Yasmina.* Il m'a promis de changer, mais ce n'est pas le cas. Ses discours sont toujours complètement contradictoires. À l'inverse, je trouve que la situation empire. Je ne sais pas jusqu'où il est capable d'aller. Je ne le reconnais plus. Il me fait vraiment peur ! Quand je vois son nom sur mon téléphone, j'ai peur de décrocher. Cela devient vraiment insupportable. Je pensais qu'en discutant cela allait s'arranger, mais au contraire il refuse toute forme de dialogue et s'enfonce dans son mutisme. Impossible d'avancer dans ces conditions. Je ne sais plus quoi faire. Mon travail au laboratoire d'analyses me donne du répit dans la journée et c'est ce qui me sauve. Je rentre la tête dans mon travail pour ne pas penser à autre chose. Quand je lui ai appris ma grossesse, il voulait que je démissionne pour m'occuper exclusivement du bébé et de sa petite personne. Il veut tout maitriser et me façonner à son image, ce que je refuse absolument. Il m'a ordonné d'arrêter de fumer, pour le bébé prétendument, alors que lui fume toute la journée. Pour me forcer à arrêter, il m'a enfoncé toutes les cigarettes du paquet dans la bouche et j'ai failli m'étouffer.

Les regards de l'assistance étaient remplis de peine et d'incompréhension.

— Un jour, je suis allée au travail avec un foulard autour du cou, pour cacher les traces d'étranglement sur ma peau. Certaines collègues ont tout de même été surprises, mais personne n'osait poser de questions. Quelques collaboratrices proches, que j'avais mises dans la confidence, me regardaient avec empathie. Elles me conseillaient de quitter au plus vite cet homme infâme qui osait lever la main sur moi, sa compagne et future mère. Mais c'est une décision très difficile à prendre, car je n'ai pas l'envie ni le courage de quitter le père de mon enfant, même si les violences peuvent surgir à tout moment et pour n'importe quel prétexte : plus de cigarettes, plus de bières dans le frigo, des yaourts périmés ou le café devenu froid. Tout est prétexte à frapper. Malgré les coups de poing dans le ventre que j'essaye de protéger avec mes mains – rempart dérisoire – de peur de perdre mon bébé, je hurle à chaque fois qu'il me touche en espérant que des voisins m'entendent et appellent du secours, mais jamais personne ne s'est manifesté...

Elle continuait son récit, le visage inondé les larmes.

— J'ai tout de même fini par déposer une main courante au commissariat le jour où il m'a menacée avec un couteau de cuisine. Ce jour-là, j'ai eu vraiment très peur. La policière qui m'a reçue m'a posé un tas de questions, comme la couleur du couteau ou l'angle d'attaque. Comment voulez-vous que je me souvienne de ces détails alors que j'étais terrorisée. Je pensais juste à sauver ma vie et celle du bébé. J'ai eu l'impression que l'agent de police ne m'écoutait pas et qu'elle doutait même que ce soit moi la victime. Les policiers ne sont pas assez formés pour gérer ce genre de situation, car c'est souvent parole contre parole... et le tabou existe toujours, malgré tout. Si la policière avait été dans mon cas, elle aurait sûrement compris et réagi autrement. En fait, j'ai constamment peur, je vis dans l'angoisse permanente. Si je viens aux réunions, c'est pour trouver une écoute et peut-être des conseils pour une solution définitive.

Le silence du groupe était intense après le récit d'une histoire aussi forte, mais tristement banale malheureusement. La réunion étant terminée, l'assemblée se dispersa et Martha proposa à Yasmina de la raccompagner chez elle pour la rassurer. Elle accepta volontiers, même si elle était un peu soulagée d'avoir pu s'exprimer et avait la certitude d'avoir été entendue et comprise.
— Encore une de ces journées sans nouvelles de lui, dit Yasmina au pas de la porte. Tu montes prendre un verre, Martha ?
— Oui, pourquoi pas...
Martha en profita pour raconter son histoire à Yasmina.
— C'est toujours un peu la même histoire en fait : les hommes pensent qu'on leur appartient et qu'ils ont tous les droits sur nous.
— Oui, mais cela va changer ! Il faut qu'aucune plainte ne soit classée sans suite.
— Il va falloir quand même encore beaucoup de temps avant que certains hommes respectent les femmes.
— Oui, mais le principal c'est de faire bouger les lignes !
À ces mots, Yasmina fixa Martha sans être certaine de la signification profonde de sa pensée.

— Bon, je pense que j'ai eu ma dose pour aujourd'hui, dit Martha. Je vais rentrer. Je te laisse mon numéro de téléphone, si tu as besoin...

— Merci beaucoup, répondit Yasmina en embrassant Martha.

— Je t'en prie, il faut bien que l'on s'entraide entre victimes. À bientôt !

Yasmina referma sa porte en verrouillant à double tour. Elle se retrouva seule à gérer son angoisse pour elle et ce petit être qui grandissait en elle. Qu'allait-il devenir si elle décidait d'une séparation ? Son enfant allait-il grandir sans père ? Toutes ces questions et d'autres encore tournaient en boucle dans sa tête et la taraudaient au point de lui provoquer des insomnies persistantes.

IX

La légiste Élisabeth Leprince, première sur place avec son équipe, vit arriver Cécile Mangin et Amandine Drot sur les lieux du crime, l'entrée d'une grotte au bord de la rivière.

— Salut les filles, déjà réveillées ? dit-elle avec un petit sourire en coin.

— Épargne-nous tes sarcasmes Babeth, surtout au milieu de la nuit, dit Cécile.

— Il est déjà huit heures et demie, je te signale !

— C'est bien ce que je dis, au milieu de la nuit.

Élisabeth, dite Babeth, savait qu'elles n'étaient pas du matin et adorait les taquiner.

— Vous avez fait des folies de vos corps ?

Cécile ne répondit pas et Amandine prit le relai.

— Alors, qu'est-ce qu'on a, Babeth ?

— Une jolie jeune femme poignardée à plusieurs reprises. Entre vingt-cinq et trente ans, de magnifiques cheveux corbeau, des yeux noirs et une peau mate. Son assassin a dû s'acharner sur sa pauvre victime pour la larder de multiples coups de couteau. Il devait être dans un état second pour déverser autant de rage sur sa victime : alcool ou drogue, ou un subtil mélange des deux. Je serai plus précise quand je l'aurai examinée.

Un homme de la PTS lui apporta un sachet contenant un couteau rougi.

— Sans doute l'arme du crime, dit-il en exhibant un couteau de cuisine. Il y aura certainement des empreintes sur le manche.

— Nous avons là une belle pièce à conviction.

Amandine observait le cadavre de Yasmina d'un peu plus près.

— J'ai comme l'impression qu'elle n'était pas seule, dit-elle.

— Effectivement ! répondit Babeth en souriant. Vu la grossesse avancée, il est difficile de ne pas s'en apercevoir ! Tu as de bons yeux, dis donc !

Amandine sourit à cette remarque moqueuse.

— Je dirais... septième ou huitième mois.

— Quel malade peut ôter la vie à deux personnes en même temps ?

— Ça, c'est votre boulot, les filles !

— T'inquiète, on va trouver cette ordure. Et il va prendre cher, crois-moi.

— Elle doit être là depuis un certain temps, je pense. Elle a perdu beaucoup de sang, et il est plus sombre que le sang frais.

— Heure de la mort ? demanda Amandine.

— Vu son état, il me semble difficile de me prononcer avec exactitude.

— Oui, je sais, dit Cécile. On en saura plus quand tu l'auras examinée.

— Vous commencez à me connaitre, hein ?

— Ben oui, à force !

Malgré la situation dramatique, les trois complices plaisantaient souvent ; exutoire nécessaire pour atténuer la difficulté de ces métiers où l'on voit tant d'horreurs au quotidien.

— Tenez, dit un gendarme en lui tendant un sac à main, c'est sans doute le sac de la victime.

— Effectivement, dit Amandine en fouillant le sac : un portable, un rouge à lèvres, un foulard... et des papiers ! Elle extirpa un portefeuille dont elle sortit une carte d'identité qu'elle lut à voix haute.

— Il s'agit de Yasmina Barkat, vingt-cinq ans.

— Cela va nous faciliter le travail ! dit Cécile. On a son nom et son adresse où nous allons d'ailleurs nous rendre tout de suite.

Cécile et Amandine se rendirent à l'adresse indiquée sur la carte en espérant interroger son compagnon, père de son enfant et suspect plausible de ce double homicide. Au premier coup de sonnette à la porte marquée Sanchez-Barkat, Éric ouvrit la porte et à la vue des deux gendarmes se retira dans l'appartement sans se défendre.

— Nous venons de retrouver votre compagne sans vie, près de la rivière. Nous aimerions connaitre votre emploi du temps de ces derniers jours, monsieur Sanchez. Mais Éric Sanchez ne réagissait pas à la nouvelle de la mort de Yasmina. Il semblait totalement indifférent, à moins que l'effet permanent de la drogue le rendît apathique. Il essayait de parler mais ce n'était que des mots incompréhensibles qui sortaient de sa bouche. Il était tellement chargé qu'il n'arrivait pas à prononcer de phrase intelligible.

— Nous allons vous emmener à la gendarmerie où vous pourrez vous reposer un peu. Nous vous interrogerons plus tard, quand vous serez à nouveau en état.

Amandine lui mit les menottes et fut obligée de le tirer pour qu'il daignât avancer et les accompagner à la voiture. À la gendarmerie, elle dut redoubler d'efforts pour extraire le suspect de la voiture. Une fois entrée dans les locaux elle demanda à un collègue :

— Antoine, tu veux bien le mettre au frais pour la nuit ?

— Je m'en occupe, capitaine.

Le gendarme prit le suspect par le bras et l'emmena en le tirant un peu, tellement il trainait les pieds.

— Vous allez rester un peu avec nous plaisanta le gendarme, vous verrez, après une bonne nuit cela ira beaucoup mieux demain.

Le gendarme eut tout de même quelques difficultés à faire entrer Éric Sanchez dans une cellule de dégrisement tant il y mettait de mauvaise volonté. Il lui enleva les pinces et verrouilla la porte en lui souhaitant une bonne nuit, sans obtenir de réponse.

— Ça y est, capitaine, l'oiseau est en cage ! Ce n'a pas été sans mal, ironisa le gendarme.

— Merci Antoine ! dit Amandine. Je sais que ce n'est pas un cadeau celui-là.

En faisant des recherches, Cécile vit que Yasmina avait déjà déposé plusieurs mains courantes contre son compagnon au commissariat de police de son quartier et en informa sa collègue Amandine.

— Nous allons creuser cette piste qui me semble la plus probable.

— C'est surtout la seule ! rajouta Amandine.

— Oui, pour l'instant du moins. Nous allons interroger Éric Sanchez demain à la fraiche, en espérant qu'il aura récupéré et sera en état de répondre à nos questions. En attendant, allons rejoindre notre légiste préférée.

— C'est parti, dit Amandine en sortant de la gendarmerie pour prendre place au volant de leur véhicule.

Une fois à la morgue, Élisabeth Leprince expliqua à Cécile et Amandine que la mort remontait à environ deux jours.

— C'est vague !

— Oui, mais dans son état, je ne peux être plus précise. Désolée ! Par contre, j'ai réussi à compter le nombre de coups portés et je suis arrivé au chiffre impressionnant de dix-huit orifices faits avec une longue lame d'au moins vingt centimètres. Les coups ont été portés à la poitrine, à la carotide, au ventre et aux cuisses. Elle s'est débattue, mais a rapidement perdu beaucoup de sang et a perdu connaissance avant d'expirer. Le fœtus avait effectivement huit mois au moment du décès.

— Sans doute le père de l'enfant. Il a voulu se débarrasser de sa compagne et de son enfant.

— Nous avons déjà l'identité de la victime, dit Amandine. Elle avait déjà déposé plusieurs mains courantes au commissariat de police de son quartier contre son compagnon. Nous l'avons cueilli chez lui et mis au frais à la gendarmerie.

Les deux femmes saluèrent la légiste en sortant de la morgue.

— Salut Babeth ! dirent-elles en chœur.

— Salut les filles, ravie d'avoir pu vous aider.

— À plus, dit Amandine.

— Ciao ! Ciao !

X

L'interrogatoire d'Éric Sanchez ne fut pas vraiment une réussite. Après avoir passé la nuit en cellule, il était toujours aussi velléitaire et ne répondait pas vraiment aux questions de nos deux gendarmes.

— Votre emploi du temps comporte une lacune ce mercredi, jour supposé du meurtre : que faisiez-vous ce jour-là, monsieur Sanchez ?

— Je ne sais plus, mais comme le mercredi je ne travaille pas... Mais je ne me souviens plus vraiment... J'ai dû me promener...

— Vous oubliez souvent ce que vous avez fait quelques jours auparavant ?

— Ben oui, c'est pour ça que j'ai un semainier sur mon bureau...

— Sur votre semainier, il n'y a rien d'inscrit ce jour-là ! dit Cécile.

— Ben oui, c'est que je ne devais rien faire, sans doute...

— Vous n'auriez pas assassiné votre compagne et son enfant ?

— Mais non ! Je suis incapable de faire une chose pareille !

— Nous avons trouvé vos empreintes sur le manche de l'arme du crime retrouvée sur place ! Qu'avez-vous à dire à cela ? dit Amandine.

— C'est normal de trouver mes empreintes sur les couteaux de cuisine !

— Je n'ai jamais parlé d'un couteau de cuisine !

Le suspect semblait un peu perdu dans ses arguments qui sonnaient faux. Il sentait le piège se refermer sur lui.

— C'est une supposition, je n'en suis pas sûr !

Cécile, ayant compris qu'elle aurait du mal à le faire avouer, décida de le laisser souffler un moment, cogiter et donner des réponses satisfaisantes.

— Vous en avez trop dit ou pas assez, monsieur Sanchez. Nous allons vous laisser un moment pour que vous puissiez rassembler vos idées. Réfléchissez bien, car votre sort en dépend, dit Cécile.

Elle fit signe à Amandine de l'accompagner hors de la salle d'audition.

— On va avoir du mal à lui faire cracher le morceau.

— Oui, j'ai l'impression qu'il est en permanence dans le brouillard. La drogue lui a fait perdre pas mal de neurones. Je me demande vraiment comment il réussit à enseigner !

Il avait suffi d'un moment d'inattention du gendarme censé assurer la surveillance (il pianotait sur son portable) pour qu'Éric Sanchez réussisse à sauter par la fenêtre restée ouverte. L'alerte fut donnée rapidement et mit la gendarmerie en ébullition. Les militaires couraient dans tous les sens. Ils se mirent à lui filer le train et allèrent se perdre dans les nombreuses ruelles de la ville. Le fuyard, sans doute dopé par une poussée d'adrénaline, réussit à leur échapper définitivement au bout d'une heure. Cécile passa un savon au gendarme qui n'avait pas fait son travail et qui s'en souviendrait !

XI

Le lendemain, un article de la rubrique des faits divers du journal local fit sursauter Martha Jennings. Une jeune femme enceinte avait été retrouvée baignant dans son sang dans une grotte de la région.

— Encore un qui a trop lu *Antigone* !

C'est quand elle lut le nom de la victime que Martha manqua de s'étouffer avec le petit gâteau qu'elle avait dans la bouche : ce n'était autre que son amie Yasmina Barkat, rencontrée peu de temps avant et dont l'histoire l'avait bouleversée.

— Ce salaud a réussi à la faire taire définitivement, dit Martha. Poignarder une femme enceinte, c'est supprimer deux vies en même temps. C'est complètement dément ! Il y a vraiment des hommes qui n'assument pas leurs actes : de vrais irresponsables !

Elle s'énerva toute seule et continua à lire à voix haute l'article du journal.

— L'article parle d'un suspect en fuite, qui est évidemment Éric Sanchez, son compagnon et père supposé de l'enfant qu'elle portait.

XII

Quelques jours après le terrible assassinat de Yasmina, dont Martha n'arrivait pas à se remettre, Éric Sanchez fut retrouvé mort près de la grotte où il avait sans doute tué sa compagne. Cécile et Amandine se mirent en route dès qu'elles apprirent la nouvelle.

— Pourquoi est-il retourné sur les lieux de son crime ? Un rite secret peut-être, des remords sans doute, mais bien tardifs, dit Amandine.

La légiste Élisabeth Leprince vit arriver les deux officiers sur les lieux du crime.

— Pas trop tôt pour vous, onze heures ? Vous étiez à l'apéro ?

Les deux gendarmes ne répondirent pas aux sarcasmes de la légiste. Elles la connaissaient trop bien.

— Alors ? questionna Cécile.

— C'est bien le suspect évadé qui est adossé là contre le rocher. Par sa présence, il vient de signer ses aveux. Le sang est encore frais. Deux à trois heures, maximum.

— C'est ton regard qui tue qui l'a foudroyé ?

— Eh bien figurez-vous que non. Je pense plutôt à une balle qui l'a allongé là.

— Un lien avec le crime de Hans Karst ?

Amandine lui coupa la parole.

— C'est un peu tôt pour le dire ! Je ne vois pas le lien entre les deux affaires !

— Oui, c'est vrai, mais la balle est restée dans le corps. J'en saurai bientôt plus dès que je l'aurais ouvert.

— Tu vas pouvoir faire des fouilles..., dit Cécile.

Elles riaient de leurs propres jeux de mots qui dénotaient une grande complicité entre elles.

Les trois femmes se retrouvèrent à l'IML, en présence du cadavre recousu d'Éric Sanchez.
— Les analyses du sang retrouvé sur la scène de crime ont prouvé qu'il s'agissait bien de son assassin. J'ai aussi retrouvé un peu de sang de la victime sur lui.
— C'est donc bien lui qui frappait sa femme avant de la liquider ?
— C'est bien lui ! Dans ce cas, on ne va pas le pleurer, dit Élisabeth.
— Alors, quoi de neuf ?
— Vous n'allez pas me croire...
— Dis toujours, dit Amandine.
— À part qu'il y a effectivement beaucoup de traces de cannabis dans son sang, j'ai prélevé la balle restée dans son crâne. Et devinez quoi... ?
— Arrête son suspense, Babeth, viens-en aux faits.
— Eh bien voilà, répondit-elle en tendant aux deux officiers un petit sachet avec une balle à l'intérieur. Même calibre que pour Hans Karst, et le nom ÉRIC gravé sur la balle.
— C'est donc le même tueur que pour Karst ?
— Vraisemblablement, mais ce n'est pas tout !
Élisabeth adorait faire durer le plaisir et voir monter l'impatience de ses amies.
— Il y a une deuxième balle, que j'ai extraite au niveau du cœur. Comme il est mort en tombant en position assise, il était facile au tueur de tirer une deuxième fois. Une véritable exécution, bien préparée. Le tireur savait

que l'assassin revient toujours sur les lieux de son crime.

— Une pour Yasmina… et une pour l'enfant, dit Cécile.

— Je penche pour cette hypothèse, en effet. La deuxième balle étant anonyme.

— C'est donc quelqu'un qui connaissait les deux victimes !

— Et leurs femmes, rajouta Amandine.

— Probablement. Merci pour tous ces détails, Babeth. Nous sommes certainement sur la piste d'un tueur en série. Même mode opératoire, même signature…

— Mais les victimes ne se ressemblent pas du tout physiquement !

— Oui, c'est sans doute pour une autre raison qu'il commet ses meurtres. Il va falloir trouver son mobile.

— On va essayer de l'arrêter avant qu'il ne fasse d'autres victimes.

— Je vous souhaite beaucoup de plaisir, ironisa Babeth.

— Au contraire, je crains que ça ne soit pas vraiment une partie de plaisir. On va déjà chercher toutes les personnes qui ont un lien de près ou de loin avec nos victimes et leurs familles.

— Ça va être du gâteau pour vous, les filles ! Vous avez résolu des affaires plus difficiles que ça !

— On devrait y arriver, je pense. On va encore attendre les résultats de la balistique pour déterminer le type d'arme utilisée et l'angle de tir.

— C'est parti, lança Amandine en sortant avec Cécile.

Les deux gendarmes saluèrent Élisabeth en sortant de la morgue, le sourire aux lèvres.

Les résultats de la balistique confirmèrent l'utilisation d'un fusil Remington 700, comme pour Hans Karst. La munition correspondait et la distance de tir, quoique plus éloignée, aussi. Comme pour le premier homicide, l'arme était sans doute équipée d'une lunette et d'un silencieux. Car dans les deux cas, aucune détonation n'avait été entendue. Il ne leur restait plus qu'à trouver l'arme du crime, ce qui n'était pas une mince affaire.

XIII

Lors d'une réunion de l'association pour la libération de la parole des femmes, c'est Fatoumata Kayounga qui prit la parole. Grande liane d'ébène, elle était plutôt timide.

— Bonjour, je m'appelle Fatoumata Kayounga. Je suis originaire du Sénégal. Ma famille est arrivée en France alors que j'avais dix ans. J'ai aujourd'hui quarante ans et je suis libraire dans le centre-ville. Je suis venue aux réunions pour me soulager un peu en vous racontant mon histoire incroyable.

Fatoumata arrêta de parler un moment, balaya du regard l'auditoire, puis reprit :

— Mes problèmes ont commencé à l'anniversaire des quinze ans de ma fille Adama. Mon mari, Moussa Kayounga est infirmier dans un hôpital public. C'est un grand costaud, avec un sourire permanent sur le visage. Depuis plusieurs années déjà, il souhaitait faire exciser notre fille, comme c'est de tradition dans notre pays d'origine. Je l'ai maintes fois informé qu'en France, c'est un crime jugé devant une cour d'assises. Malgré cela, il revenait à la charge régulièrement pour m'expliquer que c'était une tradition.

— Une tradition barbare, lui rétorquais-je à chaque fois.

— Si on ne le fait pas, c'est la honte pour notre famille et toute la communauté, disait Moussa.

— Moi vivante, personne ne portera atteinte à l'intégrité physique d'Adama.

Chaque fois que le sujet revenait dans la conversation, il s'excitait davantage, car il y tenait vraiment et voulait absolument avoir le dernier mot. Lors d'une de nos disputes à ce sujet, il s'est emporté et montré très violent verbalement. J'ai eu peur qu'il passe à l'acte et me frappe ainsi que ma fille. Il a profité de mon absence pour essayer d'envoûter Adama par un rite vaudou en invoquant Mawu, le dieu suprême, et en expliquant à sa fille qu'elle devait subir cette cérémonie pour un jour devenir femme. C'était un rite nécessaire pour passer de l'enfance à l'âge adulte. Il lui a même expliqué que si elle refusait ce rituel sacré, les mauvais esprits allaient la tourmenter toute sa vie. Il a tout fait pour lui faire peur avec des esprits maléfiques qui ne la laisseraient jamais en paix. Elle était complètement chamboulée et ne savait plus que penser... Bref, il lui a retourné la tête ! Quand je suis rentrée à la maison, Moussa était affalé dans un fauteuil, littéralement épuisé.

— Tu as l'air fatigué, lui lançais-je.

— On a beaucoup de travail en ce moment, tu sais.

À moitié convaincue, je suis montée rapidement à l'étage pour voir Adama dans sa chambre où elle était censée faire ses devoirs. J'ai toqué à la porte, et n'ayant pas eu de réponse j'ai entrepris de rentrer tout de même. Elle était assise sur son lit, en larmes. Après que j'eus réussi à la calmer, elle m'a raconté toute l'histoire... Je n'y tenais plus. Je suis descendue dans le salon et j'ai demandé à Moussa d'arrêter toutes ces histoires stupides et nous nous sommes disputés une fois de plus.

— C'est pour son bien, disait-il. C'est aussi une question d'honneur.

— Que vient faire l'honneur dans cette mutilation ? Cela n'a aucun rapport. C'est juste pour flatter ton égo, c'est tout !

— C'est la tradition, rajouta-t-il.

— En Afrique oui, mais nous sommes en France où l'excision est punie par la loi.

— Il faut bien respecter nos traditions !

— Elles n'ont pas cours dans ce pays. On ne peut pas pratiquer des traditions d'un pays quand on vit dans un autre. Si tu as le malheur de le faire dans mon dos je demanderai le divorce.

Il fut un peu surpris et cette phrase lui a cloué le bec quelques instants. Puis il a affiché à nouveau un petit sourire au coin des lèvres qui m'a fait comprendre qu'il ne prenait pas ma menace au sérieux. Il s'est levé subitement et m'a donné de nombreux coups de poing sur tout le corps. Adama, m'entendant crier, est descendue pour essayer de s'interposer, mais elle s'est pris une grande claque dans la figure. Après cette avalanche de coups, Moussa est sorti en claquant la porte. Je n'arrivais pas à comprendre cette soudaine violence physique après toutes ces années de mariage sans encombres. J'étais encore couchée au sol, percluse de douleur. Adama aussi tenait sa joue meurtrie, agenouillée près de moi. Elle était stupéfaite de ce déchaînement de violence, car jamais son père n'avait osé lever la main sur elle.

Le lendemain, avec un gros coquard sous l'œil, j'ai expliqué aux clients de la librairie que les jours de grand soleil, je faisais un peu de photophobie accompagnée d'une migraine tenace, raison de mes lunettes noires. Je voyais bien dans certains regards féminins qu'elles n'étaient pas dupes. Elles avaient bien sûr des doutes, mais gardaient le silence... Ce silence qui tue...

À chaque fois que le sujet revenait dans la conversation, il y avait une énorme tension entre nous. Un jour où Moussa était de repos, je lui avais demandé d'accompagner sa fille à un rendez-vous chez le dentiste. Adama n'était qu'à moitié rassurée de rester seule avec son père. Elle avait toujours peur qu'il recommence à la violenter.

— N'aie pas peur, Adama, la pose des bagues n'est pas douloureuse ! lui disait Moussa. Tu auras un appareil dentaire qui te donnera un look d'enfer pendant quelques mois, mais après, tu auras des dents bien alignées qui te permettront d'avoir un beau sourire.

Ces paroles avaient rassuré ma fille qui est partie confiante avec son père.

Le soir venu, j'ai trouvé Adama complètement recroquevillée sur son lit, le visage inondé de larmes.

— Maman, maman !

— C'est la pose de l'appareil dentaire qui te met dans cet état ? C'était douloureux ?

— Non, papa ne m'a pas emmenée chez le dentiste.

— Mais alors...

— Il l'a fait, maman, il l'a fait !

— Comment... il a osé le faire ?

Je compris rapidement que Moussa avait emmené Adama chez cette vieille femme africaine qui pratiquait des excisions clandestines dans des conditions d'hygiène déplorables et sans anesthésie ! J'étais dans un état second. De la folie mêlée à une rage intense. Je dévalais l'escalier à toute vitesse pour me retrouver en face de mon mari.

— Comment as-tu pu faire une chose pareille à ta fille, et dans mon dos en plus ?

— Il le fallait, c'est la tradition !

— La tradition mon cul ! Elle a bon dos, la tradition. C'est toi qui voulais garder le contrôle sur ta fille. Tu es un monstre ! Je ne veux plus jamais te revoir ! Sors d'ici tout de suite !

Moussa resta impassible. Il semblait satisfait d'avoir pris cette décision, nécessaire selon lui, mais craignait tout de même les poursuites judiciaires. Ce qui le fit sortir de la maison.

— J'ai ensuite emmené Adama chez mon gynécologue qui a constaté les faits, m'a remis une ordonnance pour un antalgique et un antiseptique. Il a également rédigé un rapport qui confirmait l'ablation du clitoris de ma fille. J'ai mis plusieurs jours avant de déposer une plainte contre lui car il est toujours difficile de porter plainte contre son conjoint, quoi qu'il ait fait. Je ne l'ai pas revu depuis ces tragiques évènements. Sauf un soir, pendant une de ses crises, il a essayé de défoncer la porte avec ses poings pour essayer de rentrer. J'ai téléphoné à la police, qui a refusé de se déplacer et m'a conseillé d'attendre, de voir s'il partait et de les rappeler uniquement s'il ne bougeait pas. Je me suis sentie bien seule devant les bruyantes menaces de mon mari qui est finalement reparti au bout d'un moment. Je sais qu'il travaille toujours et fait comme si de rien n'était, tellement sûr de son bon droit, pour ne pas perdre la face devant ses collègues.

L'assemblée, qui écoutait religieusement, était stupéfaite et abasourdie à la fin de l'histoire que Fatoumata venait de raconter.

— Bon, dit la responsable de l'association, je vois que tout le monde est un peu assommé par ce terrible récit et on le serait à moins. Même moi qui en ai entendu d'autres, j'avoue que je suis un peu sonnée. Je vous propose donc de nous retrouver jeudi prochain à la même heure, afin d'écouter un nouveau témoignage. Et si vous avez des suggestions pour aider Fatoumata, on en parlera, bien sûr. Je vous laisse cogiter. À la semaine prochaine, mesdames !

L'assemblée était d'accord avec la directrice, bien sûr. Toutes les femmes se levèrent telles des zombies, encore secouées par le récit de Fatoumata, particulièrement horrible et difficile. Martha aussi était un peu léthargique, mais avec une violence contenue. Elle invita Fatoumata à prendre un verre sur une terrasse, ce qu'elle accepta volontiers.

— On va prendre un petit verre pour se remonter le moral ?

— D'accord, mais allons plutôt chez moi, ça sera plus sympa !

— OK, je te suis.

Entre elles le courant passa tout de suite. Arrivée chez elle, Fatoumata lui présenta sa fille Adama qui fit un grand sourire.

— Comment vas-tu, Adama ?

— Doucement, répondit-elle timidement.

— Sa reconstruction sera plus longue que pour moi, je pense, dit Fatoumata. Elle est vraiment détruite. Subir une telle mutilation est un véritable crime et une atteinte à l'intégrité physique de la personne.

Elle se tourna vers sa fille.

— Martha aimerait bien que tu lui racontes l'histoire avec tes mots, si tu veux bien.

Malgré sa timidité, Adama acquiesça et raconta l'histoire à Martha avec beaucoup de difficulté et d'émotion dans la voix. Le rite vaudou, la musique, la fumée et enfin la lame de rasoir et la douleur intense.

— J'avais un chiffon dans la bouche pour qu'on n'entende pas mes cris. Des personnes me tenaient les bras et les jambes afin que je ne puisse pas bouger. J'étais terrifiée, mais j'ai réussi à remuer un peu quand même, ce qui a occasionné une petite coupure sur l'intérieur de la cuisse et la fureur de cette vieille folle d'exciseuse dont je ne comprenais pas les cris de colère. Elle s'exprimait dans une langue inconnue pour moi. Les dents serrées, je hurlais ma douleur dans des cris étouffés par le chiffon. Une fois le crime commis, elle m'a appliqué un pansement pour arrêter les saignements. Puis une nouvelle cérémonie, avec des chants et de la musique, a annoncé la fin de cette torture que d'aucuns appellent un rite sacré, une excision, une des mutilations génitales féminines.

— À son âge, elle devrait avoir un bon pouvoir de résilience…

— Je l'espère de tout cœur, même si cela lui a laissé une trace indélébile.

Après la plainte de Fatoumata Kayounga, deux gendarmes se rendirent sur le lieu de travail de Moussa afin de procéder à son arrestation.

— Désolée, dit la secrétaire de l'accueil, mais Moussa Kayounga ne travaille pas aujourd'hui. Il a pris un jour de RTT.

— Auriez-vous sa nouvelle adresse, s'il vous plait ?

— Malheureusement non, il devait me la communiquer mais je l'attends toujours...

— Bon. Son numéro de portable, peut-être ?

— Oui. Je vous le note, dit la secrétaire en tendant le papier au gendarme.

— Merci beaucoup !

— Je vous en prie.

Le gendarme composa le numéro et tomba sur sa boîte vocale.

— Bonjour ! Gendarmerie Nationale. Merci de vous présenter à la gendarmerie le plus vite possible, nous aurions quelques questions à vous poser.

Après avoir raccroché, il regarda son collègue.

— Il se doute bien que nous sommes à sa recherche, il va se planquer.

— On peut toujours essayer une géolocalisation de son téléphone...

— Oui, bien sûr ! Il ne faut surtout pas qu'il nous échappe.

Le gendarme appela le technicien qui en quelques secondes localisa le téléphone de Moussa Kayounga.

— Je l'ai ! dit-il triomphant, son portable borne près du bois aux Loups.

— OK. Merci. Je préviens le commandant Mangin et le capitaine Drot, et on y va. On va passer nos gilets pare-balles, on ne sait pas s'il est armé ou non.

Cécile et Amandine, prévenues, sortirent de la gendarmerie et prirent place dans leur véhicule pour démarrer en trombe avec les autres voitures, direction le bois aux Loups.

En roulant, Amandine demanda à Cécile :

— Le bois aux Loups, ce n'est pas un coin un peu chaud ?

— Oui, c'est bien ça. Il est bien connu des hommes en quête de sexe tarifé.

— D'où viennent toutes ces femmes ?

— C'est une filière des pays de l'Est ! De pauvres victimes aux mains de réseaux mafieux !

— L'exploitation de la femme par l'homme… Quelle misère…

— Eh oui, triste refrain.

Arrivés sur les lieux avec leurs gyrophares, les gendarmes trouvèrent un endroit assez calme. Ils se doutaient qu'avec l'arrivée de la gendarmerie, les prostituées avaient été exfiltrées très rapidement. Pourtant, le portable de Moussa Kayounga bornait toujours à cet endroit. Les hommes et les femmes de la brigade giclèrent de leurs véhicules, armes à la main. Amandine vit sur sa tablette l'écho du portable de Moussa, mais il ne se déplaçait plus. Cécile donna des ordres pour quadriller le secteur. Tous les gendarmes se déployèrent dans la forêt au sol jonché de préservatifs usagés.

— Les affaires marchent bien, par ici ! dit Cécile

— Oui, c'est un endroit très fréquenté ! À cinquante euros la passe de quelques minutes, c'est un bon business ! C'est mieux payé que chez nous ! dit Amandine en souriant.

Toute la troupe s'enfonça en ordre dispersé dans la forêt.

— Commandant ! cria un gendarme après seulement quelques minutes.

Cécile et Amandine se dirigèrent rapidement vers celui qui avait donné l'alerte.

— Ah, d'accord ! Moussa Kayounga, je présume..., dit Cécile en découvrant le corps.

— On va sécuriser les environs, dit le gendarme.

Tout en approuvant, Cécile dit :

— Je comprends mieux pourquoi le signal était fixe.

— J'appelle la légiste et la PTS.

— OK. Je pense qu'il s'agit effectivement de notre homme, selon la description de sa femme.

Il était nu, allongé sur le flanc, le haut du dos appuyé contre un arbre, avec un bel orifice frontal.

— Il ne voulait peut-être pas payer et on l'aura liquidé pour ça...

— C'est possible, mais nous allons attendre les conclusions de Babeth et sa troupe de choc pour en savoir plus.

La légiste arriva quelques minutes plus tard, flanquée de spécialistes de la *Scientifique*.

— Dites donc, c'est dangereux par ici, j'ai failli glisser sur des préservatifs !

— On n'a pas eu le temps de faire le ménage, désolé, répondit Amandine.

— On dit ça, oui... Bon, qu'est-ce qu'on a ?

— Homme, d'origine africaine, 40 à 50 ans, tué par balle.

Élisabeth s'accroupit pour examiner la blessure de plus près.

— Joli trou ! dit-elle. Et de trois !

— Tu penses que c'est le même calibre que les deux autres ?

— J'en suis quasiment sûre ! Belle perforation, nette et sans bavure. Vu que nous sommes dans une clairière, le tireur avait une belle fenêtre de tir. Il a dû probablement se poster dans la forêt, de l'autre côté de la route pour ne pas être repéré je pense. Je vous confirmerai tout ça quand j'aurai extrait la balle. Et avant que vous ne le demandiez, il est décédé il y a moins d'une heure.

La légiste examina la partie visible du corps sur toute la surface et demanda à ses hommes de le retourner sur le ventre. Au moment de la bascule, elle s'écria :

— Eh ben, ça alors, ce n'est pas banal ! Un godemiché fiché dans son fondement. Soit il aimait ça, et c'était un sacré pervers, soit c'est un acte de vengeance pour avoir refusé de régler la petite note.

— Drôle de pratique, tout de même, ajouta Cécile.

— Chacun a son petit jardin secret, hein les filles ! dit Élisabeth avec un regard appuyé.

Cécile et Amandine répondirent avec un sourire.

— Il y a tellement de traces de pas dans ce coin qu'il serait impossible d'en isoler une en particulier. Quand notre homme s'est écroulé, tous les habitants du bois ont dû prendre la poudre d'escampette. Le tueur a pu en profiter pour venir parachever son œuvre et lui enfoncer le gode entre les fesses, comme une signature. Triste fin.

Élisabeth était désemparée par ce geste qui avait sans doute une signification profonde.

— Vous pouvez emballer, dit Babeth à ses hommes, mais récupérez tout de même le… la chose…, enfin vous voyez, dit-elle en désignant l'objet enfoncé dans les fesses de la victime. Sinon vous aurez du mal à le faire rentrer dans la housse…

Les hommes de la PTS s'exécutèrent et enveloppèrent le corps dans un sac mortuaire avant de le charger dans une camionnette. Toutes les voitures se mirent en route afin de quitter les lieux du crime.

En partant, Élisabeth ouvrit la vitre du véhicule et s'adressa à Cécile et Amandine :

— À demain mes belles, on se retrouve dans mon antre pour la suite de l'histoire !

— Oui, à demain, répondit Cécile.

— Ah, au fait, on a finalement retrouvé la nouvelle adresse de Moussa Kayounga, rajouta Cécile. Il serait bon d'y faire un petit tour avec tes hommes pour passer l'appartement au Bluestar (un produit chimique à base de luminol), au cas où le corps aurait été déplacé.

— Je ne le pense pas, répondit Élisabeth, mais on va y faire un saut.

— Merci. Je t'envoie les coordonnées sur ton portable.

— Merci ! Ciao !

Élisabeth salua les filles de la main pendant que la voiture démarrait.

Le lendemain, Cécile et Amandine se trouvaient à la morgue en présence du cadavre de Moussa Kayounga, sur invitation d'Élisabeth Leprince.

— J'ai retiré la balle de sa tête et… bingo ! Troisième victime tuée avec le même calibre et la même précision que Hans Karst et Éric Sanchez. Un seul coup très précis et… son nom gravé sur la balle : MOUSSA !

— Là, effectivement, le crime en série ne fait plus aucun doute.

— On va rechercher la trace de tous les Remington 700 et remonter jusqu'à leurs propriétaires… Ils ne doivent pas être si nombreux ! Il est classé en catégorie C et doit être déclaré, dit Cécile.

— Le gode a été enfoncé avec une grande violence, puisqu'il est entré jusqu'à la moitié. Probablement *post mortem*.

— Une vengeance liée à un acte sexuel, sans doute…

— Ah, inutile de vous préciser qu'il n'y a ni empreintes ni ADN sur l'objet en question. L'assassin portait vraisemblablement des gants. Un pro, sans aucun doute.

— Et pour son appartement ? demanda Cécile.

— Comme je le pensais, aucune trace de sang ni d'empreintes autres que les siennes. Il a bien été exécuté à l'endroit où nous l'avons trouvé. La balistique n'a pas trouvé d'indices dans la petite forêt où le tireur était censé être posté. On s'en doutait un peu. Il est très prudent… Mourir en faisant l'amour est tout de même une belle mort, non ?

Cécile et Amandine sourirent aux allusions de Babeth.

Fatoumata Kayounga fut convoquée à la morgue pour reconnaitre le corps de son mari. Élisabeth ne lui avait parlé que de la balle qui l'avait tué, sans autres précisions, avant de soulever le drap pour lui découvrir la tête. Elle le reconnut immédiatement, mais sans émotion particulière. Il lui avait fait tant de mal, à elle et Adama, qu'elle était presque soulagée qu'il fût mis définitivement hors d'état de nuire.

Elle appela Martha pour qu'elle vienne chez elle. Fatoumata lui raconta la pénible démarche de la reconnaissance du corps puis le côté apaisant de se retrouver seule et de ne plus jamais avoir à subir d'injures et de coups de son mari violent. Pour sa fille et elle, c'était presque un apaisement de ne plus avoir à endurer cette violence. Quand elle vit toute cette peine dans ses yeux larmoyants, Martha prit Fatoumata dans ses bras. Elle semblait apprécier l'étreinte et les caresses de Martha qui commençaient dans le dos, puis devenaient plus appuyées... Au point que Martha ne partit que le lendemain matin, pour ne plus jamais réapparaitre.

XIV

Nos deux enquêtrices se retrouvèrent dans la salle de réunion, entourées de quelques membres de leur équipe, devant le tableau garni des photos des victimes et leur nom.

— Nous allons faire un petit récapitulatif pour que tout le monde comprenne bien la situation, qui est assez complexe.

Cécile faisait le briefing en montrant les éléments avec un pointeur laser.

— La première victime, Hans Karst, la soixantaine et chef d'entreprise, fut retrouvée flottant à la surface de sa propre gravière, la bouche remplie de gravier. La deuxième victime, Éric Sanchez, un enseignant de 28 ans était fortement soupçonné de l'assassinat de sa compagne Yasmina Barkat, enceinte de huit mois. Elle a été retrouvée sans vie après avoir reçu dix-huit coups de couteau sur tout le corps, dans une grotte de la région. Le corps d'Éric Sanchez fut retrouvé quelques jours plus tard au même endroit, ce qui nous a confirmé son implication dans ce meurtre.

La troisième victime enfin, Moussa Kayounga, infirmier d'une cinquantaine d'années, a violenté sa femme et sa fille Adama, âgée de quinze ans. Il a également fait exciser la jeune fille contre sa volonté et celle de sa femme. Nous avons proposé un suivi psychologique aux deux, mais la fille aura certainement plus de mal à se reconstruire, ayant subi des violences morales et surtout physiques qui resteront gravées à jamais dans sa chair.

Les trois victimes ont un point commun : ils ont fait subir des harcèlements moraux et des violences physiques à leurs victimes. L'autre point commun : ils ont tous été retrouvés avec une balle de 7,62 dans la tête, gravée à leur nom et vraisemblablement tirée avec un Remington 700. Nous privilégions la piste d'un tueur en série, un pro sans doute et très intelligent, qui apparemment vengerait les femmes battues de la région. Ce n'est qu'une hypothèse pour l'instant.

Cécile s'adressa à son groupe.

— La recherche de l'arme a déjà donné des résultats ?

— Rien pour l'instant, répondit un gendarme, mais je continue à creuser, commandant. J'ai trouvé la liste des armes déclarées, mais elles ne le sont peut-être pas toutes !

— Bien. Pour les autres, faites des remontées d'appels de nos trois victimes, récupérez les fadettes, vérifiez leurs antécédents judiciaires et d'éventuels liens entre eux ou leurs conjoints. Des questions ?

Personne ne répondit.

— Bon, alors au travail ! Inutile de vous dire que le temps presse. On va éviter d'ajouter de nouvelles victimes à la liste. Il va falloir se bouger pour arriver à des résultats probants. Le procureur commence à devenir nerveux, car le ministre l'appelle souvent et il ne peut pas vraiment lui parler d'une avancée significative. Comme nous n'avons pas grand-chose, il est obligé de broder. Donc, je compte sur vous pour faire le maximum, et être particulièrement vigilants pendant les nuits claires de la pleine lune, qui semble-t-il, est sa période de prédilection. Merci à tous !

Les gendarmes se dispersèrent pour continuer leur travail de recherche, faire aboutir l'enquête rapidement et
arrêter le tueur en série.

XV

Martha se rendit une nouvelle fois à une réunion des femmes maltraitées et y croisa le regard de Kirsten, une mince jeune fille d'une trentaine d'années, très blonde aux yeux clairs. Elle venait du froid, de Suède plus exactement. Comme les autres femmes du groupe, elle se mit à raconter, avec un charmant petit accent, la triste histoire qui l'avait amenée en France.

— Je ne parle pas bien le français, mais j'espère que vous allez quand même arriver à me comprendre. J'ai appris votre langue quand j'étais fille au pair dans une famille du nord de la France.

Elle avait un regard un peu perdu dans le vague, et prit une profonde respiration avant de commencer son récit.

— Je m'appelle Kirsten Lindberg et je suis Suédoise. Je viens de Stockholm où j'ai commencé mes études de médecine. Je suis partie précipitamment et revenue en France après des violences conjugales qui duraient depuis longtemps... trop longtemps. Je n'ai plus de famille en Suède. Je devais être hébergée chez la fille de ma famille d'accueil dans le Pas-de-Calais, mais finalement, elle m'a dit que c'était impossible. Et c'est comme ça que je me suis retrouvée à la rue. Je suis partie seule de Suède, car mon ex-mari y est resté avec notre fille Luna qui a cinq ans. Le juge qui a prononcé notre divorce, a décidé que pour le bien de l'enfant, Luna devait rester avec son père alors que c'est lui qui est à l'origine des violences. Je trouve cela totalement injuste... Je suis venue me réfugier en France, mon pays d'adoption.

Des murmures d'empathie se firent entendre dans l'assemblée.

— Selon les lois de mon pays d'origine, je dois verser une pension alimentaire pour ma fille, que je n'arrive pas toujours à payer, n'ayant pas de travail actuellement.

La directrice de l'association lui parla d'un travail qui pourrait éventuellement l'intéresser afin de la dépanner temporairement.

— Je vais appeler le DRH du supermarché, que je connais bien, et je pense qu'il va vous trouver quelque chose...

— Je suis prête à accepter n'importe quel travail pour pouvoir subvenir aux besoins de ma fille.

Le rendez-vous fut pris avec Jacqueline Vaudaine le lendemain.

— Où habitez-vous actuellement, demanda la directrice.

— Nulle part ! Je n'ai pas de logement, n'ayant pas de ressources. Et je ne connais personne dans votre ville.

Jacqueline Vaudaine s'adressa aux personnes présentes.

— Quelqu'un peut-il héberger Kirsten, le temps que sa situation s'améliore. Je verrai dès demain pour lui trouver une place dans un foyer...

— Oui, je veux bien, dit Martha. Je n'ai pas beaucoup de place mais cela devrait suffire pour quelques jours.

— Merci madame, dit Kirsten.

— Appelle-moi Martha, ça sera plus simple.

— Merci, Martha, pour votre proposition, ajouta la directrice.

Puis elle se tourna vers Kirsten.

— Vous avez désormais un toit, il ne reste plus qu'à vous trouver un travail. On se retrouve demain à dix heures dans mon bureau pour en parler et rencontrer la personne qui devrait pouvoir vous trouver un poste.

Kirsten laissa échapper quelques larmes tant l'émotion était forte.

— Merci beaucoup à vous toutes pour votre aide et votre soutien. J'espère gagner assez d'argent pour rentrer en Suède où je pourrai obtenir la garde alternée de Luna… Elle me manque tellement !

Toutes les femmes présentes se levèrent pour quitter la salle, en regardant la photo de Luna que Kirsten avait sortie de son sac. Elles étaient toutes sous le charme de ce petit ange blond qui souriait. Martha emmena Kirsten chez elle, un appartement situé au-dessus de son cabinet médical. Après un bon repas avalé en vitesse, tellement la faim la tenaillait, elle l'installa dans le canapé-lit pour la nuit. Elle avait englouti le repas si vite que Martha eut peur qu'elle se morde les doigts. Elle lui montra la douche et lui donna une serviette de bain. Dans la précipitation du départ, elle n'avait eu le temps que de prendre le strict nécessaire. Son maigre bagage contenait de rares vêtements de rechange, des affaires de toilette et quelques petites culottes. Quand elle sortit de la douche, son regard bleu iceberg troubla Martha. Elle vit sa poitrine à peine esquissée. Ce n'était vraiment que deux petites collines d'opale, entourées de légères aréoles juste esquissées, surmontées de minuscules mamelons à peine dressés, lui donnait un air de jeune fille prépubère aux seins piriformes. Elle était troublée par la peau de lait de Kirsten. Elle s'enveloppa avec la serviette de bain que Martha lui tendait.

— Je vais faire tourner une machine avec tes vêtements et tu pourras les mettre demain.

— Oui, merci beaucoup, Martha. Ils ont vraiment besoin d'être lavés.

— Je vais te donner un ticheurte pour cette nuit, et une de mes culottes.

— J'ai plutôt l'habitude de dormir nue, ne te dérange pas !

— Comme tu veux... Bonne nuit, Kirsten !

— Bonne nuit, Martha ! Et encore merci pour tout !

Martha et Kirsten se couchèrent sans vraiment trouver le sommeil. Chacune refaisait le film de la journée... Kirsten avait du mal à croire qu'elle dormait dans un lit alors que son quotidien habituel était fait de cartons posés au sol...

Le lendemain matin, elles se retrouvèrent habillées dans la cuisine où Martha avait déjà fait couler le café qui embaumait dans toute la pièce.

— Bonjour Martha !

— Bonjour Kirsten ! Bien dormi ?

— Pas vraiment... Je suis stressée par le rendez-vous avec Mme Vaudaine, qui m'a promis de m'aider à trouver du travail.

— Ne t'en fais pas, cela va bien se passer. Jacqueline Vaudaine est très efficace. Elle connait beaucoup de monde dans cette ville.

Martha fixa Kirsten droit dans les yeux, avec un grand sourire pour la rassurer.

— Café ? demanda Martha.

— Oh oui, merci. Il va falloir que je me réveille complètement.

Kirsten but son café brûlant et avala rapidement deux tartines de confiture. Elle se leva en remerciant son hôtesse.

— Merci Martha, vraiment ! Je ne sais pas comment te remercier...

— Je t'en prie, ce n'est rien ! Ça me fait plaisir de pouvoir t'aider un peu...

— Tu m'aides vraiment beaucoup. Merci encore !

— Allez, file maintenant. Tu ne vas tout de même pas arriver en retard !

— Non, surtout pas !

— Je croise les doigts pour toi. Kirsten regarda Martha d'un air dubitatif. C'est pour te souhaiter bonne chance !

— Oh, c'est gentil, dit Kirsten en embrassant Martha.

— Je te donne un trousseau de clés, car je ne suis pas toujours là. Je suis un vrai courant d'air, tu sais...

— Merci pour ta confiance. Bonne journée !

— Bonne journée à toi, Kirsten.

Kirsten sortit de l'appartement comme une trombe car elle ne voulait surtout pas rater ce rendez-vous si important pour elle.

Avec Jacqueline Vaudaine, elles se rendirent au bureau du DRH, espérant décrocher un poste pour Kirsten.

— Oui..., entendit-on derrière la porte à laquelle Mme Vaudaine venait de frapper.

Elle entra, suivie de Kirsten, dans l'immense bureau de Philippe Marchand.

— Bonjour monsieur Marchand.

— Bonjour, prenez place, je vous en prie.

Elles s'assirent timidement devant cet homme imposant.

— Comme convenu au téléphone, je me permets de solliciter un emploi pour Kirsten, qui vient de Suède et qui parle parfaitement notre langue.

— Oui, nous en avions parlé brièvement. A-t-elle de l'expérience dans la vente, votre protégée ?

— Non, pas vraiment. Elle a fait des études de médecine dans son pays et cherche un travail pour subvenir à ses besoins en France, tout simplement.

Jacqueline Vaudaine ne voulait pas trop entrer dans les détails de peur d'effrayer le futur employeur sur sa petite protégée.

— Vous tombez bien, j'ai justement une vendeuse au rayon fruits et légumes qui vient de démissionner. Elle pourrait la remplacer au pied levé. Il s'agit de remplir les rayons, peser les articles et les étiqueter... Elle sera secondée par une collègue expérimentée dans les premiers jours. Qu'en pensez-vous ?

Jacqueline Vaudaine se tourna vers Kirsten qui semblait ravie.

— Je pense que cela pourrait convenir...

— Je vais vous préparer un contrat d'embauche et vous me fournirez tous les renseignements nécessaires !

Kirsten fouilla dans son sac pour sortir la photocopie de sa carte d'étudiante en médecine et sa carte d'identité. Pour l'adresse, elle donna celle de Martha, bien sûr.

— Très bien. Je vous invite à venir signer votre contrat le premier jour de l'embauche, c'est-à-dire lundi matin à neuf heures : cela vous convient-il ?

— Oui, merci monsieur Marchand. Je serai à l'heure.

— J'espère bien !

Les deux femmes se levèrent en remerciant le directeur et sortirent de son bureau.

— Je me permettrai de vous accompagner lundi pour que la lecture du contrat ne soit pas trop difficile pour vous.

— Oui, merci madame Vaudaine. Merci pour tout ce que vous faites pour moi !

— Les humains sont sur terre pour s'entraider, n'est-ce pas ?

— Tout à fait, répondit Kirsten avec un grand sourire.

Les deux femmes se séparèrent à la sortie du supermarché.

Kirsten rentra chez Martha et se laissa tomber dans un fauteuil afin d'essayer de réfléchir à ce qui venait de lui arriver. Son rêve fut interrompu par Martha qui venait de franchir la porte. En voyant Kirsten affalée sans son siège, elle fut prise de doutes :

— Alors ? lança Martha.

— Ça marche ! dit-elle en se redressant. Mme Vaudaine m'a emmenée dans une grande surface dont elle connaissait le responsable du personnel, et je suis prise à l'essai comme vendeuse au rayon des fruits et légumes.

— Ouah, c'est super ! On va fêter ça ! J'ai une bouteille de Champagne qui attendait une grande occasion pour être ouverte. Je l'avais déjà mise au frais, car je ne doutais pas que tu réussisses à décrocher un boulot rapidement.

— J'adore le Champagne ! Cela fait tellement longtemps que je n'en ai pas bu.

— Sors les flûtes du buffet, je m'occupe de la bouteille.

Martha revint avec la bouteille, dont elle fit sauter le bouchon, et remplit les verres préparés par Kirsten. Elles trinquèrent.

— À ton nouveau travail ! Ta nouvelle vie !

— Merci Martha ! Je bois à toi, aussi !

— Je n'ai fait que te donner une deuxième chance !

— Oui, même si cela va me sembler bizarre de travailler comme vendeuse alors que j'étais en deuxième cycle d'études de médecine à l'université de Stockholm.

— Tu n'as pas pu continuer tes études en France ?

— Non. Pas d'adresse fixe, pas d'argent et de toute façon plus de place à la faculté de Médecine.

— C'est triste, dit Martha.

— Oui, mais ce poste est une nouvelle chance pour une nouvelle vie, même si le travail est complètement différent. Mais cela ne me fait pas peur.

— Tu vas y arriver, j'en suis sûre !

— Oui. Et avec mon premier salaire, je t'inviterai au restaurant afin de te remercier pour tout ce que tu fais pour m'aider.

— D'accord, je suis toujours partante pour un resto, surtout si ce n'est pas moi qui paie !

Les deux femmes rirent de ce nouvel espoir pour Kirsten tout en vidant les flûtes de Champagne au point que les bulles fraiches commençaient à leur monter à la tête.

— Comme tu ne commences à travailler que lundi, on va profiter de ce week-end qui s'annonce bien ensoleillé.

— D'accord. Profitons-en au maximum !

Elles furent rapidement enivrées par les bulles alcoolisées et décidèrent d'aller se coucher.

— Je pense que j'ai besoin d'une bonne nuit de sommeil, dit Martha en se dirigeant vers sa chambre.

— Je vais faire pareil, mais je suis trop heureuse et trop ivre pour réussir à dormir.

Martha réussit à se déshabiller avec beaucoup de difficulté et s'apprêta à se coucher. Se dirigeant vers son lit, elle sentit une présence derrière elle. Elle se retourna et elle vit Kirsten nue, qui la fixait intensément. Elle s'approcha de Martha pour l'embrasser sur la bouche.

— Tu n'es pas obligée, Kirsten…

— Je sais, mais j'en ai envie. Je pense que toi aussi. Ose me dire le contraire…

— C'est vrai, mais j'ai peur de ne pas être en état.

— Au contraire, la légère ivresse des bulles va nous aider à aller au-delà du plaisir…

Kirsten l'embrassa à nouveau et Martha lui rendit son baiser, qui devint alors plus tendre et voluptueux. S'ensuivit alors la valse des mains qui tournoyaient en de multiples caresses. Du bout des doigts d'abord, puis plus précises, et qui leur procuraient des frissons sur toute la surface de la peau. Elles étaient dans un tel état d'excitation que tout leur corps était devenu une seule et unique zone érogène. Les plaintes chantaient en passant de murmures aux cris, dans une fusion de corps enflammés. Les membres et les corps en ébullition s'emboîtaient pour n'en former qu'un, tordu jusqu'à la délivrance. Le calme revint après la bataille où chacune avait abandonné toutes ses forces et son énergie. Elles récupéraient doucement leur souffle. Repues et ivres d'amour, elles s'endormirent enlacées, comme si rien ne pouvait les séparer.

Le réveil fut difficile malgré l'heure tardive d'une grasse matinée. Martha fut la première à ouvrir les yeux. Kirsten dormait toujours la tête dans le creux de son cou quand elle essaya de se lever. Son mouvement fit bouger le lit et la réveilla sans qu'elle ouvrît les yeux. Mais elle sentait des mouvements.
— Où vas-tu ?
— Préparer le petit-déjeuner, ma douce. On a besoin de reprendre des forces, tu ne crois pas ?
— Oui, j'arrive…
Le café fumait déjà dans les tasses quand Kirsten émergea et vint prendre place en face de Martha.
— C'est l'odeur du café qui t'a réveillée ?
— Oui. Le café a remplacé ton odeur…
— J'ai pris du pain bio, avec plein de céréales.
— C'est mon préféré, répondit Kirsten en posant sa main sur celle de Martha.
— Du beurre et la confiture d'abricot qui se marie à merveille avec ce pain.
Le petit déjeuner avalé, le regard insistant de Kirsten était une invitation à une nouvelle bataille horizontale. Elles se dirigèrent vers la chambre en fermant la porte.

Les jours filaient harmonieusement, comme une bise printanière, entre rires et câlins. Martha était aux anges. Elle pensait qu'une relation saphique avait peut-être plus de chances de durer. L'épée de Damoclès du retour de Kirsten en Suède était tout de même bien attachée au-dessus de sa tête. Ce moment aurait lieu, bien sûr, elle le savait. Mais sans savoir exactement à quel moment le mince fil de crin allait rompre. Elle essayait d'évacuer cette idée, espérant que cela n'arrive jamais. Elle préféra demeurer dans l'instant présent et vivre au jour le jour. Elle baignait dans le bonheur que lui procurait la blonde Suédoise à qui cette relation réussissait aussi, tant elle était radieuse et affichait un sourire permanent. Son travail la satisfaisait, et son premier salaire en poche, Kirsten tint sa promesse et invita Martha dans un bon restaurant. Le repas était très fin et le vin gouleyant à souhait. Bien avant le dessert, elles avaient les yeux brillants et se tenaient la main par-dessus la table. Le vin aidant, elles se trouvèrent dans un état second et les idées dans le vague comme des bulles de savon dans un nuage de coton. Comme elles n'étaient pas loin de l'appartement, elles rentrèrent à pied en vacillant un peu, malgré la fraicheur qui leur remit un peu les idées en place. Arrivée chez elle, Martha se laissa tomber dans le canapé pour récupérer un peu. Kirsten, qui vraisemblablement tenait mieux l'alcool, se laissa tomber à côté d'elle en posant sa tête sur son épaule. À peine assise, elle fit glisser sa main sur la cuisse de Martha, qui mit un certain temps à réagir. Tout en l'embrassant, Kirsten glissa sa main sous sa courte jupe pour finir de s'immiscer jusqu'à son sexe gorgé de désir.

— Si on allait se coucher ? suggéra Kirsten.

— Oui, tu as raison. On sera mieux au lit.

Elles se déshabillaient mutuellement sans attendre et commencèrent une nouvelle bataille sous les draps qui les emmena jusqu'à la petite mort et les laissa une fois de plus pantelantes. Chaque lutte les comblait par des orgasmes puissants et bruyants. Puis leur respiration devint plus apaisée, jusqu'à tomber dans les bras de Morphée.

Au bout de quelques mois de ce bonheur intense et sans nuages, Kirsten disposait de suffisamment de fonds pour régler régulièrement la pension alimentaire de sa fille et s'installer définitivement en Suède afin d'obtenir la garde alternée de Luna. Elle souhaitait reprendre ses études de médecine et pouvoir terminer le cursus jusqu'à la thèse qui ferait d'elle un médecin. Elle savait qu'il lui faudrait trouver un travail alimentaire pour payer ses études, parce qu'elle n'était pas certaine d'obtenir une bourse. Elle décida de parler à Martha de sa décision.

— Qu'est-ce que tu as, Kirsten ? Tu n'as pas décroché un mot de tout le diner.
— Il faut qu'on parle, Martha.
— Mais oui, bien sûr. De quoi veux-tu parler ?
— J'ai pris la décision de retourner en Suède. Ma fille me manque tellement et je souffre de son absence.
Martha fut surprise par cette annonce qui la laissa sans voix. Elle savait que son départ était inéluctable, mais elle l'avait tellement évacué qu'elle ne le pensait plus possible. Elle posa doucement sa fourchette sur le bord de son assiette et s'appuya au dossier de sa chaise, sans doute pour mieux amortir le choc.
— Mais... et nous, alors ?

— Tu penses bien que j'y ai songé, mais tu peux comprendre que je souhaite me rapprocher de ma fille !

— Oui, bien sûr, mais cela signifie aussi notre séparation…

— J'ai autant mal que toi à m'y résoudre, crois-moi. Mais les choses étaient claires dès le début de notre relation. Tu savais qu'un jour, je partirais… et ce jour est arrivé !

— Qu'est-ce que tu vas faire en Suède ?

— Je pense reprendre mes études de médecine pour avoir un métier plus intéressant que la vente de fruits et légumes… Et j'espère obtenir une bourse…

— Je comprends, dit Martha dépitée.

Voyant le désarroi de son amie, Kirsten lui fit une proposition.

— Tu pourras venir me voir, je te présenterai ma Luna, elle est adorable.

— Comme sa mère ! dit Martha en lui caressant la joue.

— J'aimerais beaucoup que tu viennes, ne serait-ce que pour moi. Tu sais que je t'aime, Martha, et cette séparation m'est aussi douloureuse que pour toi.

— Et si tu faisais venir ta fille en France ?

— Tu sais bien que ce n'est pas possible, à cause de la garde alternée.

— Je n'ai pas envie de te perdre, mon amour.

— Moi non plus, mais ce sont les aléas de la vie, nous ne pouvons pas lutter contre ça. Je n'ai pas vraiment le choix si je veux voir grandir Luna. Il faut bien que je prenne cette difficile décision, car toi tu ne l'aurais sans doute jamais prise.

— Tu as raison, mon cœur, tu es sans doute plus forte que moi…

— Ne dis pas cela, tu es très indépendante et tu sais prendre des décisions difficiles.

— Tant que l'amour ne s'en mêle pas...

— Je sais, je l'ai bien compris quand tu m'as raconté ton histoire avec Pascal. Mais tu as eu la force et le courage de partir...

— C'était une question de survie à ce moment-là.

— Oui, je sais bien...

Le silence devint pesant.

— J'ai juste l'impression d'avoir le cœur en miettes.

— Le mien aussi est en vrac, mais c'est la vie qui décide, Martha, ce n'est pas nous... Nous devons parfois prendre des décisions pénibles, et celle de m'éloigner de toi est sans doute la plus insupportable de toute ma vie. Nous avons vécu une histoire tellement merveilleuse...

Les deux femmes échangèrent des regards brouillés par les larmes, tant la séparation semblait impossible.

— Je ne pars que dans quelques semaines, ma chérie. Nous avons encore un peu de temps pour nous aimer et faire que notre éloignement soit moins dur et notre séparation plus douce...

Martha ne pouvait émettre aucun son. Elle ne pensait pas que son amour pour Kirsten fût fort au point de lui déchirer le cœur de la sorte. Elle souffrait atrocement mais gardait sa douleur intérieure. Elle n'aurait jamais cru souffrir autant de la perte de sa compagne. Son cœur saignait comme une grenade bien mûre que l'on presse avec force.

Leurs dernières nuits furent plus calmes, les caresses n'avaient plus le même sel, plutôt un goût d'amertume.

Aucune ne pouvait admettre cette séparation et espérait secrètement qu'elle n'aurait jamais lieu. Kirsten passa la dernière nuit la tête dans le cou de Martha sans pouvoir fermer les yeux.

Quand le jour du départ arriva, Martha aida Kirsten à boucler sa valise. Elle la mit dans le coffre de la voiture et emmena son amie à l'aéroport. Il y avait encore une heure d'attente après l'enregistrement et elles se promenèrent dans la salle d'attente en parlant de voyages qu'elles ne feraient sans doute jamais ensemble. Martha dut se rendre à l'évidence : Kirsten allait partir dans quelques minutes et la quitter pour toujours. Les derniers instants furent les plus difficiles de sa vie. Dans les bras l'une de l'autre, elles n'arrivaient pas à se détacher, leurs visages inondés de larmes. Puis ce furent les derniers baisers. Sans doute les plus beaux et les plus tendres, remplis d'amour sincère. Kirsten se dirigea difficilement vers la porte d'embarquement après le troisième rappel du vol pour Stockholm, présenta sa carte d'embarquement et son passeport et se retourna une dernière fois avant de disparaitre dans le sinistre couloir de la passerelle qui menait à l'avion.
— Ça y est, elle est partie, se dit Martha. Mon amour s'envole pour son pays d'où elle ne reviendra sans doute jamais.
Elle quitta l'aéroport pour rentrer chez elle, le visage toujours dévasté. Elle n'arriva pas à fermer l'œil de la nuit, espérant un message sur son portable posé à son chevet. Mais rien, pas d'appel ni de message. Martha n'arrivait pas à se résigner à la fin de leur histoire. Elle

envoya des tas de messages qui restèrent sans réponse. Kirsten avait définitivement tourné la page de leur histoire. Il ne lui restait que de merveilleux souvenirs et le goût de sa peau et ses lèvres sur sa bouche. Le temps adoucit les douleurs, parait-il...

C'est pour ne plus se faire de mal que Martha décida de ne plus retourner aux réunions pour femmes battues.

XVI

Ce samedi matin était bien ensoleillé. Martha en profitait pour se balader dans la campagne environnante en écoutant le chant des oiseaux. Cela lui permettait de ne pas trop penser à sa mésaventure avec Pascal, qu'elle essayait d'oublier au plus vite. Même si l'histoire refaisait surface dans sa mémoire de temps en temps, ces balades dans la nature s'estompaient assez vite, au point de ne plus y penser du tout l'espace de quelques heures. Les syndromes post-traumatiques peuvent durer longtemps parfois. Mais elle avait surtout d'énormes difficultés à oublier Kirsten, qu'elle avait aimée passionnément. Il ne restait de cette histoire que quelques spasmes provoqués par quelques nuages chagrins, même s'ils commençaient à se dissiper. Elle aimait sentir le vent qui la décoiffait quand elle avait les cheveux lâchés, ce qui était rare. Elle humait toutes les bonnes odeurs des prés fleuris de différentes espèces et dont les effluves suaves ravissaient ses narines. Elle appréciait les prés multicolores du début de l'été, qu'elle voyait comme une explosion de couleurs échappées de la palette d'un peintre fou, comme une vengeance de la nature après un hiver rigoureux. Elle se promenait et se sentait vraiment libre à présent, un grand sourire permanent gravé sur le visage.

C'est au cours de ce moment de grâce, qu'elle croisa un regard vert sous une chevelure d'une blondeur de blés mûrs, celui d'une femme âgée qui cueillait de grandes brassées de fleurs.

— Bonjour, dit Martha en la saluant.

— Bonjour ! répondit-elle avec un grand sourire.

— Vous en avez un joli bouquet !

— Oui, j'adore les fleurs et j'en cueille le plus possible pour remplir mes nombreux vases. J'aimerais les prendre toutes, mais j'ai déjà les bras chargés et il faut en laisser dans la nature pour qu'elles puissent fleurir longtemps encore !

Martha était elle-même étonnée de lui faire une proposition.

— Si vous le voulez bien, je vais en cueillir aussi, pour que votre maison soit encore plus fleurie !

— Vous êtes gentille ! Je vous remercie beaucoup, mais j'aime tant retrouver la nature chez moi, même si mon mari n'apprécie pas trop cela. Il me reproche toujours d'envahir notre maison avec des fleurs qui seraient plus tranquilles dans les prés. Mais que voulez-vous, je me fais plaisir et le laisse rouspéter dans son coin.

Martha se mit en tête de cueillir autant de fleurs que ses bras pouvaient en porter, à l'image de sa nouvelle amie. Quand les deux femmes eurent un énorme bouquet chacune qui remplissait largement leurs bras, Martha accompagna la femme chez elle.

— On va devoir arrêter notre cueillette, nous ne pourrons pas en porter plus, dit Martha.

— Oui, la limite est atteinte, je pense. J'habite dans cette grande ferme, là-bas, dit-elle en la montrant du doigt. Mon mari est agriculteur et passe sa vie sur son tracteur. Il fait essentiellement du blé et attend impatiemment la moisson qui sera exceptionnelle, selon lui. Enfin, il dit ça tous les ans, même quand la récolte est moyenne…

Sentant l'attention de Martha, la femme se mit à se confier un peu plus tout en marchant vers la ferme.

— Il râle toujours parce que je ne l'aide pas aux travaux des champs. Il sait bien que ma santé fragile ne me le permet plus depuis plusieurs années. Malgré cela, il revient régulièrement à la charge et particulièrement pendant les périodes où il y a beaucoup de travail, comme maintenant. J'ai seulement un peu de répit en hiver, quand la terre se repose.

Arrivées à destination, elles se dirigèrent vers la grande maison, l'habitation principale de ce grand corps de ferme qui comportait plusieurs dépendances. Après avoir traversé la cour intérieure, qui dégageait une atmosphère particulière avec les poules qui se promenaient librement et se faisaient courser par le coq qui venait de descendre du tas de fumier, Martha aperçut un autre animal indispensable dans une ferme : le chien, qui aboya dès leur arrivée. Un magnifique Border Collie chocolat, nommé simplement Choco et qui n'obéissait à personne, selon sa propriétaire. Il se contentait de monter la garde et d'aboyer pour annoncer les personnes qui s'approchaient d'un peu trop près, quelles qu'elles fussent. Il se tut dès que les deux femmes furent tout près de lui et lui caressèrent la tête. Les canards et leurs petits pataugeaient dans une mare saumâtre et de nombreux chats couraient ou se prélassaient sur des balles de foin ou des bottes de paille.

— Oh, il y a des chats partout, ici ! Vous en avez combien ?

— Aucune idée ! Ce sont des chats de ferme, vous savez, des chats libres. Ils se reproduisent jusqu'à deux fois par an et je n'ai jamais vraiment réussi à les compter. Je signale toujours les naissances, pour que les gens puissent venir en prendre quelques-uns, parce que sinon nous serions littéralement envahis de félins. Mais ils sont très utiles pour attraper les rongeurs de toutes sortes, souris, mulots et autres campagnols, qui sinon viendraient se servir dans nos réserves du grenier à blé. Ils sont aidés dans cette traque permanente par un couple de chouettes hulottes, qui nichent sous le toit de la grange et ont des petits en ce moment. Elles chassent la nuit quand les chats dorment.

— Une sorte de roulement quoi !

— C'est un peu çà, oui. Et cela évite aussi à Luc de poser des appâts empoisonnés pour éliminer les rongeurs qu'il appelle les « nuisibles » qui, une fois ingérés, pourraient intoxiquer les chats.

Les deux femmes passèrent la porte principale du logis. La fermière posa son énorme bouquet sur la table de la cuisine et Martha en fit autant.

— Vous pensez avoir assez de vases pour toutes ces fleurs ?

— J'ai plus de vases que de fleurs, rassurez-vous, dit-elle avec un sourire malicieux.

Elle posa deux énormes vases sur la table et commença à s'affairer pour disposer la cueillette dans un premier vase ; Martha l'imita avec l'autre vase. Elles essayaient de réaliser les plus belles compositions possibles en créant un mélange harmonieux à partir de toutes les couleurs à leur disposition.

— Je peux vous proposer une tasse de thé... ? Je viens de m'apercevoir que je ne connaissais même pas votre nom.

— Je m'appelle Martha.

— Enchantée ! Je suis Victoire-Augustine Baumert. Voilà. Les présentations sont faites. Terminons ces jolis arrangements si vous le voulez bien, et je vais mettre de l'eau à chauffer pour la cérémonie du thé.

Martha la regarda étonnée et s'imaginait déjà une cérémonie selon la tradition japonaise.

— Rassurez-vous, ce sera une cérémonie simplifiée : une tasse, du thé et de l'eau chaude. On ne va pas se compliquer la vie, dit-elle en riant.

Une fois les bouquets terminés et disposés sur la table, Victoire mit une casserole d'eau sur le feu pour le thé. Elles prirent place chacune dans un des moelleux fauteuils du salon et, une fois servies, Victoire proposa des petits gâteaux à Martha qui en saisit un du bout des doigts.

— Je ne suis pas issue d'une famille bourgeoise, mais j'adore tremper les langues de chat dans mon thé ! dit Victoire en affichant un large sourire.

Les deux femmes s'observaient en silence et la curiosité naturelle de Victoire fit qu'elle posa la première question :

— Vous êtes de la région ?

Martha hésita un peu avant de répondre et Victoire s'en aperçut.

— Excusez-moi. Vous savez, je suis un peu curieuse. Je n'ai pas souvent l'occasion de voir du monde, alors j'en profite ! C'est un peu triste par ici...

— Non, tout va bien, je vous assure.

Martha se racla la gorge avant de se lancer.

— J'ai un cabinet médical en ville où j'exerce comme gynécologue. Je loge juste au-dessus, ce qui est très commode.

— Ah, c'est bien. Et cela marche bien ?

— Oui, je n'ai pas à me plaindre. J'ai une patientèle fidèle qui, en plus, m'envoie d'autres personnes au point que je sature parfois. Il m'arrive même de faire appel à une collègue.

Victoire prit une gorgée de thé et regarda Martha, en hésitant tout de même un peu.

— Cela me gêne, vous allez trouver ma demande un peu inconvenante…

— Mais non, dites-moi !

— Ma gynécologue est décédée récemment et je ne sais pas où m'adresser…

— Mais je vous accepte volontiers, Victoire, vraiment !

Victoire eut un sourire de satisfaction plein de reconnaissance. C'est à ce moment-là que Luc Rives, le compagnon de Victoire, fit bruyamment irruption dans la maison par la cuisine.

— Qu'est-ce que c'est que ce bordel ? Encore des fleurs qui puent !

Avec un grand mouvement du bras, il renversa les vases remplis de fleurs qui vinrent se fracasser sur le carrelage de la cuisine et inonder la moitié de la pièce. Les deux femmes, surprises par cette attitude fulgurante, restèrent sans voix un moment.

— Tu es fou, Luc. Qu'est-ce qui te prend ? Tu as bu ?

— Avec une femme comme toi, je suis obligé de boire. C'est le seul moyen pour arriver à te supporter.

À un moment, il se figea en regardant Martha.

— Et c'est qui, celle-là ?

— Une amie...

— Tu as des amies, toi ? Laisse-moi rire, personne ne veut être ton amie, tu es trop conne et trop moche.

Avant que Martha puisse réagir, il était sorti de la cuisine en emportant une bouteille de vin, et remonté sur son tracteur.

— C'était quoi cette tornade ?

— Luc, mon compagnon. Je vous l'ai dit, il n'est pas commode, surtout quand il est imbibé.

— Il ne va tout de même pas conduire dans cet état ?

— Mais si, c'est son habitude ! Un jour il va finir par se tuer et ce sera bon débarras !

Martha essayait de calmer Victoire qui tremblait de tous ses membres. Elle lui massait les mains doucement, ce qui eut pour effet de l'apaiser rapidement. Elle entreprit ensuite de nettoyer le désastre en ramassant les fleurs et en les réinstallant dans d'autres vases, que Victoire possédait effectivement en grand nombre. Elle balaya les débris épars et passa rapidement la serpillère pour éliminer les dernières traces du carnage.

— Cela fait longtemps qu'il vous traite comme ça ?

— Des années ! Je serais déjà partie si je savais où aller. Ce harcèlement moral devient difficile à supporter.

Victoire mit un certain temps pour recouvrer ses esprits. Puis elle se mit à raconter son histoire douloureuse...

— Pendant la guerre, j'ai perdu mon frère Charles S., qui était né le 3 novembre 1918. En 1940, après une permission d'un mois, notre père lui avait demandé de ne pas y retourner car la guerre serait bientôt terminée, disait-il. Il n'a bien sûr pas écouté, et a rejoint son unité, le 4e régiment de Zouaves. Avec ses camarades, il défendait un pont qui enjambait la rivière Creuse à La Roche-Posay dans la Vienne. Les Allemands les canardaient depuis l'autre rive. Il est mort sur ce pont, le 22 juin 1940. Je n'ai malheureusement pas eu plus de détails. Mort pour la France, qu'ils disaient... Triste fin. Après la Libération, je me suis mariée avec mon fiancé de l'époque, Léon Baumert. C'était le 10 mai 1952. Il y avait un soleil radieux ce jour-là, qui nous promettait beaucoup de bonheur et pour longtemps... Il est malheureusement décédé peu de temps après notre mariage. Les deux hommes de ma vie avaient disparu à quelques années d'intervalle, me laissant totalement seule.

Martha sentit l'émotion de Victoire après ce récit qui, malgré les années, lui était encore pénible. Elle a dû beaucoup les aimer, pensa-t-elle.

— J'étais veuve depuis quelques années déjà quand nous nous sommes rencontrés avec Luc, à une foire aux bestiaux comme il y en a souvent dans les campagnes. Il était vraiment très gentil. Son petit sourire en coin m'a immédiatement séduite. Nous nous sommes fréquentés longtemps avant de décider de vivre sous le même toit et de fonder une famille. Malheureusement, nous n'avons pas réussi à avoir d'enfants, ce qui était très difficile à vivre à cette époque. Puis la vie a repris le dessus avec tous les travaux inhérents à une ferme de cette taille. Au début de notre histoire, j'allais aux champs avec lui pour planter, cultiver, récolter, moissonner, faucher l'herbe pour faire du foin, la fenaison et le regain ensuite. Il fallait alimenter nos vaches en fourrage, surtout pour l'hiver, et les traire tous les jours, matin et soir. J'aimais beaucoup être avec lui et ce travail me plaisait vraiment. Mais quand mes ennuis de santé ont débuté, il a dû effectuer tous les travaux seul. Il avait des journées difficiles et très longues. Malgré l'aide occasionnelle de Fernand Lambert, un ami agriculteur d'une ferme voisine, il a décidé d'investir dans un nouveau tracteur et une machine pour faire les balles de foin et de paille. Malgré cela, la surcharge de travail l'a conduit à boire pour tenir le coup, mais devenir invivable. Vous avez bien vu la violence dont il est capable C'est difficile à supporter, croyez-moi.

— Va-t-il jusqu'à lever la main sur vous ?

— C'est arrivé quelques fois quand il était vraiment ivre. Comme il boit de plus en plus, cela se reproduit vraiment souvent maintenant.

— Vous savez que vous pouvez obtenir des jours d'ITT même si vous n'avez pas d'activité professionnelle ?

— Non, je ne le savais pas.

— Vous avez porté plainte ?

— Non, je n'ai pas osé ! J'ai toujours peur qu'un jour il n'arrive plus à se contrôler du tout et me démolisse complètement.

Martha lui avoua qu'elle aussi avait été victime de violences psychologiques et physiques et n'avait eu d'autre solution que de fuir.

— Fuir serait la meilleure solution, j'en conviens, pour s'éloigner le plus possible de cet homme violent. Le problème, c'est que je ne sais pas où me réfugier si cela devait arriver...

— Je vous donne mon numéro de téléphone, pour prendre rendez-vous et vous réfugier chez moi si nécessaire.

— Oh Martha ! Je ne sais comment vous remercier. Si je suis obligée d'en arriver là, je vais suivre votre exemple et porter plainte à la gendarmerie. Histoire de me séparer enfin du mauvais homme que Luc est devenu.

— Merci pour votre confiance, Victoire. Vous m'avez raconté tout un pan de votre vie qui a été difficile. Appelez-moi pour un rendez-vous à mon cabinet, car je n'ai pas de plaque à l'entrée : tout le monde me connait ou presque. Cela peut aussi être pour prendre un thé ou quelque chose de plus fort, si j'en ai le temps.

— Je ne sais vraiment pas comment vous remercier, Martha. Vous avez une grande capacité d'écoute et cela m'a fait du bien de me confier. Je vous apprécie vraiment et j'aimerais tant devenir votre amie !

— Mais vous l'êtes déjà, Victoire. Soyez-en sûre !

— Merci beaucoup, Martha. Cela m'a vraiment soulagé de pouvoir vous parler, j'en ai rarement l'occasion. La campagne se vide peu à peu vous savez. Les jeunes ne veulent pas reprendre les fermes où le travail est difficile, et on s'isole de plus en plus jusqu'à devenir un peu misanthrope.

— Raison de plus pour m'appeler, si vous le souhaitez bien sûr !

— Soyez certaine que je vais le faire, répondit Victoire avec un grand sourire que l'on pouvait interpréter comme un intense plaisir mêlé d'un grand soulagement. Martha sortit de la maison en se retournant pour la saluer une dernière fois.

— À bientôt, Victoire !

— À très bientôt, Martha. Merci pour tout !
Martha était ravie de cette rencontre, une femme lumineuse et très optimiste malgré ses conditions de vie difficiles. Cela lui permit une fois de plus d'être confrontée à la victime d'un compagnon aviné et brutal. Elle pensait que cela ne s'arrêterait jamais, sauf si la loi se durcissait et condamnait les coupables à des peines plus lourdes.

XVII

Victoire Baumert profitait de ses visites chez son médecin traitant pour inviter Martha à la terrasse d'un café sous le soleil, ou d'un salon de thé avec une petite pâtisserie quand le temps était incertain. Les deux femmes consolidaient ainsi leur amitié qui ne cessait de croître. Victoire réussit à décrocher un rendez-vous sous trois semaines, avec Martha, à son cabinet.

Quelques jours plus tard, au retour d'une de ses visites médicales, n'arrivant pas à joindre son amie Martha sans doute submergée par le travail, Victoire décida de rentrer chez elle. En chemin, elle aperçut au loin le tracteur de Luc, arrêté en plein champ et ralentit un peu.

— Il doit encore être en train de cuver son vin, ce poivrot ! pensa-t-elle.

Elle ne prit même pas la peine de s'arrêter et rentra directement à la ferme. En fin d'après-midi, un voisin l'appela sur son portable.

— Victoire ?

— Oui, c'est qui ?

— C'est Fernand, votre voisin de la ferme Lambert.

— Ah oui, que puis-je faire pour toi, Fernand ?

— C'est que Luc m'avait promis un coup de main pour réparer ma grange, mais il n'est pas venu.

— Je viens de voir le tracteur au milieu du champ de blé, au bord de la route, tu peux aller le voir, si tu veux.

— D'accord, j'y vais tout de suite ! Merci !

Fernand Lambert raccrocha et se rendit immédiatement dans le champ de blé indiqué par Victoire, où le tracteur était toujours au milieu du terrain. Le moteur ronronnait encore, bien qu'il restât immobile. En approchant du tracteur, Fernand s'adressa à Luc :

— Oh, Luc ! Qu'est-ce que tu fais ? Je t'attendais pour m'aider à réparer ma grange ! Tu as oublié ?

Fernand Lambert s'approcha encore du tracteur pour monter sur la marche et ouvrir la porte de la cabine où il trouva son ami affalé sur son siège. Quand il aperçut le sang qui inondait son visage, il eut un cri d'effroi qui le fit tomber en arrière.

— Oh, nom de Dieu !

Il rata la marche du tracteur en redescendant, et tomba au sol sur les fesses dans un cri de douleur. Il téléphona à la gendarmerie en décrivant la scène et le lieu de l'accident, et appela Victoire ensuite.

— Victoire ? Tu peux me rejoindre dans le champ ?

— Mais... qu'est-ce qui se passe, Fernand ?

— Luc a eu un accident. Je l'ai trouvé inconscient sur le siège de son tracteur.

— Il a dû faire un coma éthylique, sans doute. Il était déjà bien arrangé quand il est parti de la ferme ! Ne bouge pas, j'arrive tout de suite !

Quand Victoire arriva dans le champ, il y avait déjà foule autour du tracteur. Les gendarmes avaient balisé un périmètre de sécurité. Cécile Mangin et Amandine Drot donnaient les consignes en laissant la légiste monter sur l'engin agricole, dont le premier geste fut de couper le moteur.

— Il n'aura plus besoin de son tracteur, dit-elle.

Victoire arriva affolée et interrogea un gendarme.

— Que se passe-t-il ?

— On ne passe pas, madame. Qui êtes-vous ?

— Je suis sa femme.

Le gendarme fit signe au capitaine Drot qui s'avança vers lui.

— Madame est la femme de la victime, capitaine.

— Bonjour madame. Capitaine Drot. Nous venons de trouver votre mari dans la cabine de son tracteur.

— Mais… C'est un accident, n'est-ce pas ? Il est…

— Décédé, malheureusement !

— Ce n'est pas possible !

— Nous allons ouvrir une enquête et nous vous tiendrons bien sûr au courant.

— Une enquête ? Pourquoi ? Ce n'est pas l'alcool qui l'a tué ?

— Non, madame, votre mari a été assassiné.

— Mais… je ne comprends pas !

— Rentrez chez vous et laissez-nous faire notre travail. Mon collègue va prendre vos coordonnées afin de pouvoir vous joindre facilement pour vous poser quelques questions.

Victoire obtempéra et rentra chez elle le visage plein de larmes qui lui brouillaient la vue, comme s'il pleuvait dans ses yeux.

Cécile se tourna vers Élisabeth qui effectuait les premières constatations.

— Alors, Babeth, dis-nous tout !

— Que veux-tu, c'est la loi des séries !

— Balle de 7.62 en pleine tête ?

— Ben oui. Tir à longue distance. Une seule entrée de balle, pas d'autres impacts. La série continue, j'en ai peur !

— Une quatrième victime et toujours aucune piste sérieuse...

— Je comprends que ce soit rageant, mais en attendant, c'est toujours le même mode opératoire et donc le même tueur.

— Il est mort depuis quand ? selon toi.

— Je dirais... trois ou quatre heures. La *rigor mortis*, ou rigidité cadavérique si tu préfères, n'a pas encore commencé.

— Et pour l'angle de tir ? Une idée ?

— Je parierais pour ces haies qui bordent le champ à cinquante mètres, dit-elle en désignant l'endroit. C'est le seul emplacement où notre tireur ait pu se dissimuler.

— Je vais prévenir le procureur. Quand tu auras terminé tous les prélèvements, on pourra plier les gaules.

Élisabeth fut un peu surprise par le langage utilisé par Cécile. Elle pensa qu'elle commençait à fatiguer avec un assassin qui avait toujours une longueur d'avance et dont le mobile n'était pas vraiment avéré. Nos fins limiers avaient cependant découvert qu'il agissait toujours pendant les périodes de pleine lune, ce qui était le cas pour ce nouveau crime, mais cela restait des indices assez maigres.

La conversation à l'IML confirma l'impact dans le crâne d'une balle de calibre 7,62 mm, avec le mot LUC gravé dessus.

— Il avait ingurgité une grande quantité d'alcool. Il avait tout de même un peu de sang dans l'alcool. Je me demande comment il a réussi à conduire son tracteur avec plus de quatre grammes dans le sang. Dans son coma éthylique, il n'a pas vu la mort venir. Il était complètement inconscient quand il a été tué.

— Et nous n'avons toujours pas de piste concernant le Remington 700, dit Cécile. Il y a de fortes chances que l'arme utilisée ne soit pas déclarée…

— On a rendu visite à tous les propriétaires de la région possédant ce type d'arme, mais aucune preuve d'un tir récent et leurs alibis sont irréfutables. Nous avons effectué plusieurs fois les mêmes contrôles, mais sans succès, conclut Amandine.

— Aucune preuve tangible, dit Cécile. Les fadettes n'ont révélé aucun lien entre les victimes.

— La balistique a confirmé l'angle et la distance de tir, rajouta Élisabeth, en leur tendant le rapport.

— Viens, Amandine, nous allons interroger la veuve.

— OK, on y va !

— Bonne chance, les filles ! lança Babeth aux deux officiers qui la saluaient de la main en sortant de la morgue.

Arrivées chez Victoire, les deux gendarmes lui posèrent les questions habituelles. Si Luc avait des ennemis et si quelqu'un pouvait lui en vouloir au point de le tuer…

— À ma connaissance, il n'avait aucun ennemi.

— Il en avait au moins un, vraisemblablement !

— Comment se comportait-il avec vous ? Il était violent ?

— Cela lui arrivait quand il avait abusé de la bouteille… Ces derniers temps, cela lui arrivait beaucoup plus fréquemment.

— Pourquoi n'avez-vous pas porté plainte, madame Baumert ?

— S'il l'avait appris, il serait rentré dans une rage folle et m'aurait certainement tuée !

— Je sais bien la difficulté de porter plainte contre son conjoint, mais c'est important de le faire rapidement, pour faire constater les blessures et surtout pour que ça s'arrête. Certaines femmes sont mortes pour avoir attendu trop longtemps..., dit Amandine.

— Bien, nous aurons certainement d'autres questions à vous poser plus tard...

Victoire, un peu secouée, ne répondit que d'un signe de tête, sans un mot.

— J'ai bien peur que son témoignage ne nous soit pas très utile...

— Oui, je le pense aussi. Rentrons, Amandine.

Les deux gendarmes montèrent dans leur véhicule pour démarrer en trombe. Arrivées à leur bureau, elles commencèrent à cogiter.

— Quatre victimes, tuées de la même façon, à chaque fois pendant un jour de pleine lune, sans aucun lien entre eux. C'est mince !

— Très mince même, ajouta Amandine. Notre tueur ne laisse aucune trace à chaque fois, pas d'empreintes, pas de douille ni d'ADN... rien ! C'est certainement un professionnel !

— Oui, il y a de grandes chances qu'il soit un pro, mais je ne comprends pas sa motivation, son mobile est plus que vague...

— Il veut sans doute venger les femmes victimes de violences, mais pourquoi ? Aurait-il un lien avec chaque victime ? Et lequel ? Je ne comprends pas son raisonnement.

— C'est une bonne question, et j'ai peur que nous ne trouvions pas la réponse de sitôt. Du moins tant que nous n'avons pas de piste vraiment sérieuse.

— Si nous ne trouvons aucune trace de l'arme, c'est certainement qu'elle a été achetée illégalement. Et il est aussi possible qu'il fabrique lui-même ses balles.

— Ben oui, un pro ne va pas acheter une telle arme et des munitions, puis demander une facture, Amandine.

— Oui, ça serait trop facile ! Il n'a fait aucune erreur jusqu'à maintenant, mais il va fatalement en faire une un jour. C'est toujours avec une petite maladresse qu'ils se font prendre.

— Espérons-le, Amandine, espérons-le…

XVIII

Victoire Baumert avait déjà parlé à Martha de son amie religieuse, sœur Agnès. Elle était novice à la congrégation de Saint-Ambroise et subissait un harcèlement sexuel du père Franck, prêtre de sa communauté. Victoire allant à la messe tous les dimanches et parfois en semaine, elle fit plus ample connaissance avec cette religieuse à qui elle avait raconté ses déboires, ce qui la mit en confiance pour se confier à son tour. Plus elle racontait, plus Victoire avait du mal à croire que ces choses fussent possibles. Un jour, alors que sœur Agnès venait prendre le thé, elle lui présenta Martha en lui expliquant brièvement leur rencontre et leur amitié, restée intacte après la mort de Luc Rives. Martha étant profondément athée, les trois femmes se retrouvaient le plus souvent chez Victoire qui, libérée de son tortionnaire, avait revendu les machines agricoles avec les dépendances et les terrains attenants à la ferme afin de pouvoir se consacrer à sa petite personne et faire ce dont elle avait vraiment envie sans avoir de comptes à rendre à qui que ce soit. Elle fabriquait des lotions et des liqueurs, complètement bio affirmait-elle. Elle s'adonnait aussi à la peinture, ce qu'elle n'avait jamais pu faire du temps où elle était en couple. Luc n'aurait pas compris et certainement pas admis qu'elle s'adonne aux arts, activité futile selon lui. En plus, sœur Agnès avait embauché Victoire pour donner des coups de main aux différentes kermesses et autres fêtes paroissiales qui avaient toujours besoin de bénévoles. Victoire était ravie car cela la faisait sortir de chez elle et rompait ses habitudes et la solitude depuis la disparition de son compagnon.

Lors de l'une de leurs réunions, les trois femmes parlaient de plus en plus fort, la liqueur de sureau de Victoire faisant son effet. Martha et Victoire s'étaient mises d'accord pour amener sœur Agnès à se confier, quitte à la faire boire un peu pour la désinhiber légèrement. La religieuse ne supportait pas l'alcool, ni même le vin de messe. Elle avait rapidement eu les yeux brillants et ses mots se chevauchaient assez souvent. Elle se mit rapidement à se livrer à ses deux amies.

Sœur Agnès, une petite trentenaire, était une brune aux yeux marrons un peu enveloppée. Elle était harcelée par le Père Franck, la soixantaine bien tassée, un petit chauve aux yeux globuleux, signe d'irritabilité, et des sourcils qui se rejoignent symbolisant la sournoiserie.

— À chaque fois qu'il en a l'occasion, il me coince dans ma chambre pour profiter de moi, en me menaçant de renvoi si je venais à parler. C'est toujours un peu le même rituel : il entre dans la chambre sans frapper et ferme la porte à clé derrière lui pour ne surtout pas être dérangé. Puis il commence à se déshabiller, enlève son pantalon. Il me demande alors de me déshabiller aussi et de me rapprocher de lui...

— Caresse-moi et prends mon sexe dans ta jolie bouche, me dit-il.

Malgré le dégoût que cela me provoque, j'obtempère car je suis entièrement sous son emprise et je ne maitrise plus mes pensées. Je savais qu'un seul mot de lui pouvait me faire renvoyer, même sous un prétexte fallacieux.

— C'est bien, continue ! Masturbe-moi plus vite, maintenant !

Là encore, je m'exécute à chaque fois jusqu'à ce que le liquide séminal inonde ma bouche.

— Avale ! Avale tout, dit le prêtre dans un râle…

Après, il me prend par-devant ou par-derrière en m'expliquant que c'est le doigt de Dieu qui entre en moi et que c'est un grand honneur de sentir la présence du Seigneur dans mon corps.

— Il profite de son statut pour vous violer, il n'y a pas d'autre mot : c'est un viol ! dit Martha outrée.

— Oui, c'est sans conteste un viol, rajouta Victoire.

Sœur Agnès fit une courte pause pour sécher ses larmes.

— Une autre sœur, sœur Éléonore, avait déjà eu les mêmes problèmes avec lui. Elle subissait les mêmes outrages que moi, mais avec en plus des coups de ceinture pour expier ses fautes, disait-il. Ces coups étaient très violents et cela la faisait beaucoup souffrir. En plus, elle avait beaucoup de mal à cicatriser. Avec des coups de lanière en cuir sur des blessures à vif, je vous laisse imaginer ce qu'elle a pu endurer, la pauvre. J'allais toujours la voir après une séance, pour lui enduire le dos de pommade qui la soulageait un peu.

— Elle fait toujours partie de votre congrégation ?

— Non, malheureusement ! Elle était tellement à bout et elle savait que c'était sa parole contre celle du père Franck, et donc que cela ne pesait pas lourd. Un matin, on l'a retrouvée morte dans la cour, baignant dans son sang. Sa chambre étant au troisième étage, elle n'a eu aucune chance d'en réchapper. La police avait conclu au suicide, mais je pense que le père Franck l'a un peu aidée à s'envoler.

— Elle voulait peut-être parler ? demanda Martha.

— C'est possible, mais je lui avais conseillé de ne pas le faire. Je lui avais fait comprendre qu'elle n'aurait aucune chance de se faire entendre. Elle souffrait aussi d'une profonde dépression, alors...

— Et le père Franck, comment a-t-il réagi ?

— Il s'en moquait. Il savait très bien que l'on ne pouvait pas remonter jusqu'à lui, ni prouver quoi que ce soit. Il est intouchable. Dans sa grande bonté d'âme, il a proposé de dire une messe à la mémoire de notre chère disparue...

— Quel horrible personnage ! dit Martha en regardant Victoire.

Un ange passe... Sœur Agnès reprend son récit.

— Le seul moment de répit, c'est le jeudi. C'est le jour où j'accompagne quelques sœurs, en présence du père Franck bien sûr, pour préparer nos actions à l'extérieur de la congrégation. Là au moins, je suis tranquille parce qu'il ne peut pas m'approcher.

— Vous ne pourriez pas organiser plus de sorties, dans le but qu'il se calme un peu ? demanda Martha.

— Il n'y a que pendant la saison estivale où nous sortons un peu plus souvent, car nous avons beaucoup d'activités à préparer pendant cette période : kermesses ou brocantes pour vendre divers objets que l'on nous dépose et les vendre afin de mettre un peu « de beurre dans les épinards » comme on dit. Car malheureusement, les congrégations religieuses sont de plus en plus pauvres et les fidèles désertent nos églises.

— Faites-nous signe quand vous irez en ville, je pense que Victoire et moi serions partantes pour vous donner un coup de main. N'est-ce pas, Victoire ? demanda Martha en la fixant dans les yeux.

— Mais avec grand plaisir ! Et cela nous donnera une nouvelle occasion de nous revoir toutes les trois !

— Merci beaucoup ! C'est d'accord, alors ! Je vous ferai signe dès que nous organiserons une fête. On évitera tout de même l'alcool, quand même ! Cela me délie la langue et je n'arrive plus à m'arrêter.

Elles esquissèrent un petit sourire complice toutes les deux. Martha et Victoire étaient les seules à comprendre le sens caché de ce rictus. Toutes les trois étaient ravies à l'idée de se revoir bientôt. Sœur Agnès se leva, car elle devait rentrer à la congrégation. Elle avait une petite lueur d'angoisse dans le regard, mais était encore en état de conduire sa voiture hors d'âge.

XIX

Peu de temps après la promesse de se retrouver à nouveau par une belle journée ensoleillée, sœur Agnès contacta Victoire pour qu'elle et Martha puissent les rejoindre afin d'aider aux préparatifs de la prochaine kermesse, car il y avait beaucoup de gâteaux et pâtisseries à confectionner. Victoire appela Martha pour l'informer.

— J'ai un planning très chargé, ce matin. J'ai beaucoup de rendez-vous, mais je vous rejoins dès que possible.

— D'accord, on vous attend à la salle des fêtes un peu plus tard, alors...

— Oui... travaillez bien ! ajouta Martha.

Victoire était un peu déçue que Martha ne puisse les accompagner pour préparer une des kermesses les plus importantes de la saison. Mais elle était sûre de la revoir dans l'après-midi et elles pourraient alors reformer leur trio pour la bonne cause.

La troupe de religieuses, précédée du père Franck, se dirigeait vers la salle polyvalente en traversant la place sous un vent fort qui soulevait leurs voiles, ce qui les amusaient beaucoup. De religieuses, elles se transformaient en silhouettes fantomatiques de voiliers humains, qui essayaient de maintenir le cap sous un vent à décorner les bœufs. Tout à coup, le père Franck qui était à l'avant du cortège s'écroula sur les pavés de la place sans que personne ne comprît pourquoi. En s'approchant de lui, une sœur vit du sang qui coulait de sa tête.

— Vite, appelez du secours ! Une ambulance ! Vite !

Le père Franck venait d'être grièvement blessé à la tête. Il était vivant, mais tenait des propos incohérents. Les gendarmes, arrivés rapidement sur place, firent évacuer les lieux en balisant autour du corps qui gisait près des platanes bordant la place. Cette fois-ci, c'est le commandant Mangin et la capitaine Drot qui arrivèrent les premières sur place après l'ambulance du Samu. Élisabeth Leprince arriva avec son équipe et s'approcha du corps.

— Alors, les filles, on ne peut plus se passer de moi ? dit Babeth ironique.

— Cette fois-ci, il bouge encore ! commenta Amandine.

La légiste se pencha vers le corps du prêtre qui baignait dans son sang.

— Il a eu de la chance, celui-là. C'est effectivement une balle qui l'a effleuré au niveau du cuir chevelu, enfin du crâne, vu que la chevelure a déserté les lieux depuis longtemps. Ce qui explique l'abondance de sang autour de la plaie.

— C'est aussi l'avis du médecin du Samu qui l'a ausculté en arrivant sur place.

— Vous pouvez l'emmener à l'hôpital, dit-elle en faisant signe aux pompiers du Samu, ce n'est pas un client pour moi, il bouge encore !

Cécile ne put s'empêcher de sourire au jeu de mots de la légiste pendant que les brancardiers transportaient le père Franck dans l'ambulance.

— Avec un peu de chance, ajouta Babeth, la balle a dû se ficher dans un des arbres qui bordent la place. Elle n'aura donc occasionné aucun dommage collatéral.

— Il n'y a aucun autre blessé à signaler, dit Cécile. Avec un peu de chance, elle se trouve effectivement dans un des vieux platanes…

— On pourra sans doute la récupérer facilement, alors ! rajouta Babeth.

Cécile se tourna vers les hommes de la PTS déployés sur la place.

— Examinez les arbres, il y a de fortes chances que la balle y soit logée.

Puis, aux gendarmes :

— Interrogez les gens qui auraient pu voir ou entendre quelque chose, on ne sait jamais.

La Scientifique examinait les arbres sur l'ordre du commandant Mangin, et d'autres gendarmes allaient interroger d'éventuels témoins avec Amandine. Au bout d'un moment :

— Commandant !

— J'arrive !

Cécile se dirigea vers le technicien qui se trouvait à côté d'un platane.

— Il y a un impact sur ce tronc. La balle est entrée dans le bois du platane, commandant.

— Eh bien voilà !

Élisabeth Leprince s'avança vers Cécile avec un grand sourire.

— La voilà, ta balle ! Je l'avais bien dit !

La légiste arriva à extraire la balle avec une pincette et la fit tomber dans un sachet de scellé. En le soulevant à hauteur de ses yeux, elle ajouta, en lisant l'inscription gravée :

— Franck ! Cette fois-ci, notre tueur en série a raté sa cible.

— Il l'a effleuré, oui. Il y a beaucoup de vent, aujourd'hui. Même si je ne les aime pas trop, pourquoi vouloir tuer un curé ? demanda Amandine.

— Nous allons chercher et trouver des réponses. Cette fois-ci, il a commis sa première erreur, rajouta Cécile.

Amandine s'adressa au gendarme le plus proche.

— Emmenez toutes les religieuses au poste, nous allons les interroger une par une.

— À vos ordres, capitaine.

— Des témoins ?

— Personne n'a rien vu ni rien entendu, capitaine. À part un couple qui passait par là.

— Comme d'habitude... On les emmène aussi, on ne sait jamais !

Les religieuses prirent place dans les véhicules de gendarmerie, sous les yeux stupéfaits et les sourires des autres personnes qui trouvaient cet embarquement assez cocasse.

Dans la salle d'interrogatoire, le commandant Mangin et la capitaine Drot avaient commencé les interrogatoires des religieuses. D'autres gendarmes s'occupaient de faire parler le couple témoin du drame.

— Le couple a seulement vu le prêtre s'écrouler et la mare de sang, mais il n'a entendu aucune détonation, commandant, déclara un gendarme. Ils étaient juste à côté du platane où nous avons retrouvé la balle : ils ont eu beaucoup de chance !

— Vous ne leur avez pas parlé de la balle, j'espère !

— Non, commandant, inutile de les effrayer davantage. Ils ne sont rendus compte de rien.

— Merci, Antoine, nous pensons qu'il a certainement utilisé un silencieux...

Après avoir interrogé plusieurs religieuses, Cécile et Amandine commençaient à désespérer d'entendre toujours les mêmes réponses : il était gentil et n'avait aucun ennemi. Elles ne comprenaient pas ce geste, sauf être celui d'un déséquilibré ou d'un anticlérical.

La dernière religieuse à être interrogée par Cécile et Amandine, fut sœur Agnès.

— Sœur Agnès, que pouvez-vous nous dire à propos du père Franck ? Vos collègues ne nous ont pas vraiment beaucoup aidés.

La religieuse hésita entre garder le silence et soulager sa conscience. Elle se dit que quelqu'un devait parler afin de faire cesser toutes ces souffrances passées et à venir. Elle se mit à parler, enfin...

— Je vais vous parler et porter plainte afin que cessent toutes ces atrocités.

Amandine et Cécile se regardèrent avec une satisfaction mêlée de circonspection.

— Je me suis confiée récemment à mon amie Victoire Baumert, que vous connaissez sans doute, et je vais vous raconter mon histoire sans n'omettre aucuns détails.

La religieuse prit une grande respiration avant ·de commencer son pénible récit.

— Le père Franck exerce un pouvoir sur moi avec des attouchements à caractère sexuel, souvent suivi de pénétration. Il me coinçait toujours dans ma chambre, en fermant la porte à clé pour ne pas être dérangé.

Sœur Agnès répétait aux gendarmes avec force détails, l'histoire qu'elle avait déjà racontée à Victoire et Martha.

— Il me disait toujours que c'était la volonté de Dieu et que son sperme était un liquide divin qui apportait beaucoup de bienfaits à celle qui le recevait. Que c'était le devoir d'une religieuse que d'accueillir la Sainte Semence en elle. Il m'avait tout de même procuré des pilules contraceptives avec la complicité d'un médecin de ses amis, je suppose...

— Mais il s'agit de violences sexuelles et de viols, sœur Agnès ! s'insurgea Amandine. Sans consentement de votre part, il s'agit d'un crime puni par la loi.

— Je sais bien ! Mais il avait juré de me faire renvoyer de la congrégation si je parlais. Et qui allait-on croire ? Un prêtre connu et reconnu pour son engagement ou une jeune religieuse qui vient d'arriver ? C'était sa parole contre la mienne, autant dire que je n'avais aucune chance d'être entendue. Il y a déjà eu un précédent avec sœur Éléonore qui a subi les mêmes outrages, avec des coups de ceinturon en plus, qui lui laissaient de profondes cicatrices que je soignais comme je pouvais. Elle n'a pas résisté : elle a fini par se jeter du troisième étage et la police a conclu à un suicide. Mais je pense qu'elle n'est pas tombée toute seule. On l'aura sans doute un peu aidée à prendre son envol vers un monde meilleur.

Un silence se fit dans la pièce pour que la religieuse reprenne un peu son souffle et que les gendarmes aient le temps de retranscrire sa confession.

— Vous auriez tout de même dû porter plainte dès les premières tentatives d'attouchements.

— Oui, mais j'étais entièrement sous son emprise. Et personne ne m'aurait crue ! J'aurais été prise pour une affabulatrice et sans doute renvoyée rapidement, ne pouvant apporter de preuves à mes dires.

— Je comprends, ajouta Cécile... Vous n'avez raconté votre histoire à personne d'autre, à part Victoire Baumert ?

— Si, une jeune femme qui elle aussi avait subi des violences et était souvent présente à nos petits rendez-vous chez Victoire.

— Vous voulez bien nous parler de cette personne ?

— C'est une jeune femme d'environ une quarantaine d'années, très élancée, avec une magnifique chevelure de jais et la peau cuivrée.

— Connaissez-vous son nom ?

— Je ne connais que son prénom : Martha.

— Pourriez-vous nous donner quelques précisions ?

— Elle a de beaux yeux verts en amande, des lèvres minces et un scorpion tatoué sur une épaule. Elle doit mesurer environ un mètre soixante, soixante-cinq, je pense...

— Que fait-elle dans la vie, cette Martha ?

— Elle est gynécologue libérale. Elle a un cabinet en ville que même Victoire n'a jamais trouvé ! Elles s'envoyaient des messages pour se retrouver.

— Vous pensez que c'est une mythomane ?

— C'est possible ! Mais elle a sans doute pris des précautions pour que son ex-compagnon ne la retrouve jamais.

— Avec les renseignements que vous nous avez fournis, nous allons élaborer un portrait-robot avec les indications nécessaires. Nous allons la retrouver, rassurez-vous.

— Elle ne représente aucun danger, je pense. Elle est très souriante et sympathique.

— Si vous le dites, ajouta Cécile en pinçant ses lèvres. Bien, nous vous remercions de toutes ces précisions et nous vous tiendrons au courant de l'état de santé du père Franck.

— Cela ne m'intéresse pas vraiment, j'aimerais surtout qu'il soit condamné. Mais merci quand même.

Amandine raccompagna sœur Agnès jusqu'à la sortie de la gendarmerie.

— Avec votre dépôt de plainte, il va devoir répondre de ses actes, rassurez-vous. Et encore merci pour votre aide précieuse !

— Je vous en prie ! Cela m'a tellement soulagée de vous avoir parlé et de savoir que mon tortionnaire sera puni pour tout le mal qu'il a fait.

— S'il survit à ses blessures, il sera lourdement condamné, croyez-moi. Pour tout ce qu'il vous a fait subir et pour sœur Éléonore. Elle ne peut malheureusement plus porter plainte, mais vous pouvez témoigner de son calvaire et ainsi alourdir les charges qui pèsent contre lui pour deux faits similaires de harcèlement sexuel et de violences par personne dépositaire de l'autorité et l'envoyer en prison pour longtemps.

— Je l'espère vraiment ! Il ne faut surtout pas qu'il puisse faire d'autres victimes.

À ces mots, sœur Agnès s'en alla vers sa congrégation et Amandine rejoignit Cécile à son bureau.

— Nous allons convoquer Victoire Baumert pour vérifier qu'elle donne bien la même version que sœur Agnès, dit Cécile. Et on donnera tous ces renseignements à notre expert qui devrait pouvoir nous pondre rapidement un portrait-robot de cette mystérieuse Martha.

— Excellente idée, tu aurais dû être gendarme, toi !

Les deux officiers riaient comme toujours de leurs calembours.

Victoire Baumert, dans le bureau du commandant Mangin, fit une description identique de Martha en rajoutant quelques détails : cheveux courts à l'avant avec une tresse dans le dos, terminée par un gros chouchou rouge, des boucles d'oreilles en plumes et un maquillage noir assez prononcé aux yeux et sur les lèvres.

— Martha est vraiment très gentille, et toujours prête à aider les autres. Elle l'a prouvé maintes fois, je vous assure. Vous faites certainement fausse route si vous la pensez capable de tuer quelqu'un.

— Nous suivons simplement la procédure et ne devons négliger aucune piste. Nous allons rechercher cette personne en espérant que vous disiez vrai.

— Merci de me tenir au courant si vous la retrouvez. J'aimerais tellement la revoir, dit Victoire.

— On vous fait signe dès qu'on l'aura retrouvée. Promis.

Victoire sortit de la gendarmerie à moitié rassurée. Elle ne connaissait pas vraiment Martha mais la sentait incapable de faire du mal à quelqu'un.

XX

En visionnant les vidéos de nombreuses caméras de surveillance de la ville, les gendarmes avaient cru reconnaitre la femme recherchée. Son portrait-robot était maintenant distribué à toutes les équipes qui effectuaient des recherches sur le terrain. À la demande du technicien, Amandine se rendit dans la salle de contrôle et aperçut effectivement, sur une vidéo, une personne correspondant à la description qui entrait dans un bâtiment avec un étui de violoncelle sur le dos le jour de la tentative de meurtre sur le père Franck. Il identifia l'endroit et communiqua les informations à Cécile. Avec Amandine, elles décidèrent de se rendre immédiatement sur les lieux pour vérifier le genre d'activités que proposait cet endroit multisalle.

Arrivé devant le bâtiment, notre tandem entra par la porte principale et se trouvait devant un couloir avec un grand choix de portes anonymes. Amandine toqua à la seule porte marquée *Salle de répétition*.
— Elle a sans doute dû venir répéter ici avec son violoncelle, avec un peu de chance...
— Espérons-le, répondit Cécile.
Elle frappa une nouvelle fois un peu plus fort, mais n'obtint aucune réponse. Elle décida de passer la tête par l'entrebâillement de la porte et aperçut une femme assise à un bureau, travaillant sur un ordinateur, un casque sur les oreilles.
— Bonjour, dit Amandine assez fort. Gendarmerie nationale.

La femme fut surprise en voyant les deux officiers s'avancer vers elle. Elle enleva son casque et les salua.

— Vous ne nous avez pas entendus ? J'ai pourtant tapé à la porte plusieurs fois !

— Non, désolé, avec la musique, vous savez…

— Nous sommes à la recherche d'une personne qui devrait ressembler au portrait-robot que nous avons émis, dit Cécile.

La femme regarda le portrait que Cécile lui tendait sur son portable, mais n'eut aucune réaction.

— Connaissez-vous une violoncelliste prénommée Martha qui apparemment est venue répéter chez vous ?

— La photo et le nom ne me disent rien, mais je vais vérifier sur notre fichier.

Elle tapota sur son clavier et ne trouva aucune musicienne portant ce nom.

— Désolé, mais nous n'avons que trois violoncellistes permanents, et ce ne sont que des hommes. Il y a parfois des musiciens temporaires, qui se rajoutent à l'orchestre pour certaines œuvres, mais ils ne sont pas systématiquement inscrits. Ils ne restent généralement que quelques semaines, le temps des répétitions et pour l'interprétation du concert en salle ou en auditorium pour les enregistrements.

— Auriez-vous les coordonnées du propriétaire des lieux ?

— Non, je ne suis qu'une employée, vous savez…

— Et il n'y a aucun responsable dans les locaux ?

— Non, ils sont tous en déplacement pendant plusieurs jours, pour un concert à la Philharmonie de Berlin.

— Merci beaucoup, dit Amandine avant de repartir dépitée.

La secrétaire remit son casque sur les oreilles et s'isola dans son monde musical en reprenant son travail et en marquant le rythme avec la tête.

— Elle m'a l'air d'une sacrée flèche, celle-là !

Cette remarque fit sourire Cécile.

— Nous allons vérifier les autres portes, puisque nous sommes sur place, dit Cécile qui souriait toujours après la remarque d'Amandine.

— OK, mais cela m'a l'air assez désert.

Après avoir essayé tous les accès, elles tombèrent sur une porte fermée, alors que toutes les autres étaient ouvertes, mais vides.

— Nous devons retrouver le propriétaire pour nous faire ouvrir cette porte.

— Je m'en occupe ! répondit Amandine, en quittant les lieux.

XXI

Malgré le portrait-robot et les recherches dans toute la ville, la mystérieuse Martha restait introuvable.

— Elle a peut-être changé de ville !

— Je ne pense pas, elle a dû rester ici pour finir le travail. Le père Franck a seulement été blessé, alors... Même si sa chambre est gardée par un gendarme en permanence, elle pourrait essayer de l'achever sur son lit d'hôpital.

— Tu penses que notre tueur pourrait être une tueuse ? Peut-être cette Martha que nous recherchons ?

— Nous n'avons pas d'indices concordants et je ne vois pas la motivation ni aucun mobile.

— La vengeance d'une femme battue, qui aiderait d'autres femmes à se libérer de leur tortionnaire, peut-être...

— Une sorte de Robin des Bois au féminin, une justicière équipée d'un Remington 700 ?

— C'est plausible selon moi. Voyons dans les associations de femmes battues. Elles organisent souvent des réunions pour que chaque femme puisse se libérer par la parole... En plus, je pense qu'il y en a une dans la région. Nous serons vite fixées.

Cécile et Amandine présentèrent le portrait-robot à Jacqueline Vaudaine, la présidente de l'association, qui la reconnut tout de suite. Une certaine Martha, correspondant à la description, venait quelquefois aux réunions, selon elle.

— Elle a connu l'association par le biais de Madeleine Karst, une amie de longue date, raconta la présidente de l'association. Elle y a aussi rencontré Yasmina Barkat dont vous n'ignorez pas la triste fin, et Fatoumata Kayounga dont vous connaissez sans doute aussi la terrible histoire. Elle s'était liée d'amitié avec ces femmes et les a beaucoup soutenues pendant leur chemin de souffrances. Je ne peux malheureusement vous en dire davantage car Martha, en dehors de son histoire qu'elle a exprimée lors d'une de nos réunions, était très secrète et ne parlait pas beaucoup et surtout pas d'elle. Nous n'avons pas son adresse, mais Victoire Karst ou Fatoumata Kayounga auront certainement son numéro de portable.

— Nous allons les contacter afin d'obtenir son numéro. Nous vous remercions pour votre aide qui va nous être très utile.

— C'est normal de s'entraider entre femmes !

— Bonne journée, madame Vaudaine, et merci encore pour tous ces précieux renseignements.

Cécile et Amandine pensaient avoir une piste sérieuse ! Enfin !

— Si Martha connaissait Madeleine Karst, Yasmina Barkat, Fatoumata Kayounga et Victoire Baumert, il se peut très bien qu'elle ait décidé de les venger ! Surtout Yasmina qui était enceinte et n'a pas survécu.

— Oui, mais comment expliquer l'élimination du mari de Victoire Baumert et la tentative de meurtre sur le père Franck ? Elle n'a pas pu les rencontrer par le biais de l'association !

— Non, mais il se peut que ce soit des rencontres for-
tuites, tout simplement ! Le lien avec sœur Agnès étant
Victoire Baumert...

— Le hasard d'une rencontre avec Victoire Baumert
l'aurait conduite à éliminer Luc Rives ? Et elle aura
voulu supprimer le père Franck après avoir rencontré
sœur Agnès lors d'une des réunions des trois femmes
chez Victoire ?

— Ce n'est pas impossible ! Cela se tient, je trouve...

— Mon intuition m'a fait penser que cette piste est la
bonne, dit Cécile. Encore faut-il trouver des preuves
pour étayer ces hypothèses... Bon, il faut que l'on retourne au bâtiment que nous avons vu hier, le propriétaire nous attend...

— Allons-y, dit Amandine.

De retour au bâtiment visité la veille, Cécile et Amandine, en présence du propriétaire, se firent ouvrir la
porte qui leur résistait.

— Bonjour, je suis Frédéric Lenoir, propriétaire des
lieux.

— Bonjour monsieur Lenoir. Comme je vous l'avais dit
au téléphone, il y a une porte que nous n'avons pas
réussi à ouvrir.

— Oui, et c'est normal, il n'y a que Dominique, ma
femme, et moi qui ayons la clé.

Il leur ouvrit rapidement et leur fit signe de passer la
porte en allumant la lumière.

— Je vous en prie !

Cette porte menait à un sous-sol qui leur semblait bien
insonorisé.

— Qu'y a-t-il en bas ? demanda Cécile.

— Un stand de tir, répondit le propriétaire en leur faisant signe de descendre. J'en suis le propriétaire et le président de l'association.

Les deux officiers échangèrent un regard complice. Effectivement, plusieurs couloirs de tir, avec des cibles en carton au fond, composaient le stand de tir.

— Comment se passe les séances de tir, monsieur Lenoir ?

— Eh bien…, chaque tireur réserve son couloir, ses munitions et sa plage horaire pour venir s'entrainer sous la surveillance d'un maitre d'armes quand je ne suis pas disponible.

— Vous fournissez également les armes ?

— Ah non ! Chacun vient avec son propre équipement.

— Vous avez également des femmes, dans votre club ?

— Oui, bien sûr ! Et ce ne sont pas les plus mauvaises, loin de là, répondit-il avec un petit sourire.

— Vous pensez à quelqu'un en particulier ?

— Oui, je pense surtout à une championne qui rate rarement la cible.

— Avec quelle arme ?

— Un Remington 700. Une arme de précision redoutable ! Elle le trimballait toujours dans un vieil étui de violoncelle, sans que personne ne comprenne pourquoi. Et il ne valait mieux pas lui poser la question, sinon elle aurait répondu à côté ou pas du tout. Elle avait horreur qu'on lui pose des questions, surtout sur elle. Pour s'entrainer, elle commandait des munitions chez nous, mais je pense qu'elle devait aussi en fabriquer quelques-unes elle-même. Je vais vous montrer son dernier tir qui date de quelques jours. Il se dirigea vers le couloir cinq, ou Martha s'était entrainée récemment. Frédéric Lenoir appuya sur un bouton pour faire avancer la cible vers eux.

— Voyez vous-même, c'est son dernier carton ! Elle a vidé tout le chargeur par un tir groupé dans la tête. Si cela avait été un humain, il n'aurait eu aucune chance !

— Son nom, monsieur Lenoir, s'il vous plait ?

— C'est Martha ! Dominique lui avait donné une clé pour qu'elle puisse s'entrainer seule pour ses épreuves de biathlon, disait-elle. Vu son niveau, on pouvait lui faire confiance.

— Martha comment ?

— Un instant, je vais vérifier sur notre fichier d'inscription et de réservations. Tout le monde s'appelle par son prénom, vous savez...

Il se dirigea vers l'ordinateur qui prônait sur le bureau et après l'avoir mis en route, il ouvrit le fichier des membres du club.

— Ah, voilà, il s'agit de Martha Williams.

Amandine tendait le portrait devant les yeux de Frédéric Lenoir.

— C'est elle ?

— Oui, c'est bien elle, notre tireuse d'élite.

— Mais pourquoi la recherchez-vous ? Cela fait deux jours qu'elle n'est pas venue s'entrainer, d'après les fiches de réservation. Mais comme elle a la clé du local, elle a pu passer entre-temps.

— Nous sommes à sa recherche dans le cadre d'une enquête en cours... La routine, quoi ! Pourrions-nous voir son casier ?

— Bien sûr ! Suivez-moi.

Lenoir emmena nos enquêtrices dans le vestiaire et leur désigna l'armoire de Martha. En l'ouvrant, elles furent surprises de s'apercevoir que le casier était complètement vide.

— Ah oui ! Elle est sans doute passée pour récupérer ses affaires. Elle m'avait dit qu'elle participait à un biathlon dans les prochains jours, dit Frédéric Lenoir.

Cécile se tourna vers Amandine.

— Capitaine Drot, merci d'appeler la PTS pour faire un état des lieux, ordonna Cécile.

— Bien, commandant. Tout de suite.

— Nous allons effectuer un relevé d'empreintes et espérer trouver d'éventuelles traces d'ADN.

— Mais vous ne trouverez aucune empreinte !

— Qu'est-ce qui vous faire dire ça ?

— Elle porte toujours des gants noirs. Je pense que personne n'a jamais vu ses mains.

— Elle aura laissé quelques traces d'ADN, avec un peu de chance !

— C'est possible ! ajouta Lenoir, dépité.

La PTS arriva rapidement sur les lieux et se mit au travail. Après quelques petits tours de pinceau avec de la poudre noire, elle conclut rapidement à l'absence d'empreintes. Pas plus de chance pour l'ADN, dont elle ne trouva aucune trace.

— Rien, nada ! Pas la moindre trace exploitable. Désolé ! dit le technicien.

— Bon, eh bien, merci quand même !

— Mais je vous en prie, commandant ! Toujours prêt à vous faire plaisir !

— Merci pour votre collaboration, monsieur Lenoir, dit Cécile et désolé pour le dérangement occasionné.

— Je vous en prie, j'espère avoir pu vous aider un peu quand même !

— Oui, on avance bien ! Encore merci !

Les deux gendarmes remontèrent à l'air libre pour retrouver leur voiture.

— Avec les révélations de M. Lenoir, nous sommes presque sûres d'avoir trouvé notre coupable ! dit Amandine.

— Puisses-tu dire vrai ! dit Cécile. Mais pour le moment, ce n'est que mon intime conviction.

Elles retournaient tranquillement à la gendarmerie afin de poursuivre leurs investigations. Malgré toutes les recherches effectuées, la dénommée Martha Williams était toujours introuvable. En faisant des vérifications scrupuleuses dans le fichier central, il s'avéra que Martha Williams était en fait Martha Jennings, fichée pour des délits mineurs, et dont la mère vivait dans la région.

XXII

Le lendemain, les gendarmes se rendirent chez la mère de Martha, en espérant obtenir quelques réponses satisfaisantes. Adèle Jennings fut surprise de voir des gendarmes débarquer chez elle. Elle ne les portait pas vraiment dans son cœur, à vrai dire. Elle s'occupait de ses roses quand les officiers l'interpelèrent.

— Bonjour madame Jennings, Gendarmerie Nationale, dit Cécile en saluant la mère de Martha. Vous avez bien une fille prénommée Martha ? demanda-t-elle en exhibant sa plaque.

— Oui, pourquoi cette question ?

— Nous sommes à sa recherche depuis un certain temps déjà.

— Pourquoi cherchez-vous Martha ?

— Elle est sans doute mêlée à l'enquête que nous menons actuellement.

Adèle Jennings était un peu désemparée. Elle hésita un moment avant de leur répondre.

— Elle avait passé quelques jours chez moi, mais il y a longtemps déjà, et elle a pris quelques affaires avant de repartir. Et depuis, plus de nouvelles avant un coup de fil pour m'informer qu'elle partait en voyage, sans autres précisions. Ma fille est une baroudeuse, vous savez, elle ne tient pas en place.

— Est-ce votre fille pratique le biathlon, madame Jennings ?

— Pas que je sache, mais avec elle tout est possible ! Mais cela m'étonnerait tout de même car elle a horreur des armes à feu !

— Quand vous a-t-elle téléphoné pour la dernière fois ?

— Je ne peux pas vous répondre, je n'ai aucune notion du temps : deux semaines ou deux mois, c'est pareil pour moi, vous savez !

Les deux officiers se regardaient avec un air dubitatif.

— Mais au fait, pourquoi la recherchez-vous ? Il lui est arrivé quelque chose ?

Cécile eut un moment d'hésitation avant de donner la vraie raison de leurs investigations.

— Nous la recherchons dans une affaire de meurtres en série, madame Jennings.

— Vous devez faire erreur ! Ma fille n'a tué personne, voyons. Elle en est parfaitement incapable. Vous faites fausse route ! Elle a fait quelques petites bêtises dans sa jeunesse, mais c'est tout !

— Nous la suspectons d'avoir tué quatre personnes et d'en avoir blessé gravement une autre.

— Mais non... Ma Martha est incapable de faire une chose pareille ! Vous devez vous tromper ! Je la connais bien, je suis sa mère, tout de même !

— Nous avons un faisceau de présomptions qui nous ramène à votre fille.

Adèle Jennings était un peu décontenancée mais elle poursuivit.

— Je l'ai élevée toute seule, son père étant trop lâche pour ça, comme tous les hommes.

— Et son père, justement, où est-il, madame Jennings ?

— Je l'ai connu à Montréal et il a disparu de notre vie comme il était apparu. Je me suis éloigné de lui quand il a commencé à me frapper alors que j'étais enceinte de Martha. Je suis rentrée en France après ces gestes de violence, car je voulais protéger ma vie et celle de mon enfant.

— Nous pensons avoir rassemblé assez d'éléments concordants qui nous laissent à penser qu'elle est bien notre coupable.

— Martha, une tueuse en série ? Ce n'est pas sérieux, voyons !

Nos deux gendarmes s'attendaient un peu aux réactions d'Adèle Jennings.

— Savez-vous où se trouve votre fille actuellement, madame Jennings ?

— Malheureusement non. Je ne peux pas vous aider. Elle est partie sans portable, et il m'est donc impossible de la joindre et elle non plus n'y arrive pas, apparemment. Je n'ai plus de nouvelles depuis longtemps, et cela m'inquiète beaucoup d'ailleurs... J'espère seulement qu'elle se porte bien...

Cécile et Amandine voyant qu'elles ne pouvaient plus rien tirer d'elle, décidèrent d'abréger l'entretien.

— Merci de nous contacter si elle essaie d'entrer en contact avec vous, dit Amandine en lui tendant sa carte de visite.

— Oui, bien sûr...

Adèle Jennings était sous le choc d'apprendre cette horrible nouvelle... Elle ne pensait pas que sa chère fille puisse faire du mal à quelqu'un, encore moins commettre un crime, voire plusieurs. À moins qu'elle ne lui ait pas tout dit... Elle était tellement secrète !

— En fuite sur la planète, ça va être coton pour réussir à mettre la main sur elle, dit Amandine. On pourrait lancer un mandat d'arrêt international, peut-être... ?

— Oui, nous n'allons pas la laisser filer... Mais tant qu'on ne la retrouve pas, cela peut vouloir dire qu'elle peut continuer à tuer..., répondit Cécile.

— Et les sous-hommes violents ne seront jamais tranquilles. Il est fort probable que Martha Jennings revienne un jour, rajouta Amandine.

Cécile et Amandine échangèrent un regard inquiet.

XXIII

Cécile Mangin, Amandine Drot et Élisabeth Leprince se retrouvaient souvent autour d'un verre en soirée, pensant qu'elles avaient bien mérité ce moment comme une petite récréation, plus que nécessaire pour tenir le coup dans ce métier souvent difficile. C'était surtout histoire d'avoir d'autres échanges que les dialogues professionnels et aussi pour refaire le monde.. Elles voulaient un peu évacuer le stress du travail et se retrouvaient souvent au même bar, *Le Perroquet Bleu*, fréquenté essentiellement par des policiers, des gendarmes et des magistrats du palais de justice proche. Après des journées parfois très dures, elles aimaient se détendre et plaisanter...

— Dis-moi, Babeth, lança Cécile, je me suis toujours demandé comment un médecin légiste s'en sortait avec les vivants ?

— Plutôt bien ! La preuve, puisque j'arrive à vous supporter toutes les deux, rétorqua Élisabeth en riant.

Elles riaient de concert, connaissant bien l'humour leur amie.

— Je n'ai aucun problème avec les personnes debout, même si je les fréquente surtout allongées. Elles ont évidemment une conversation assez limitée, même si certaines me parlent quand même ! En fait, je dirais plutôt que c'est moi qui les fais parler !

— Je voulais parler de ta vie privée, Babeth ! dit Cécile.

— Oui, j'avais bien compris, t'inquiète ! Mais de ce côté-là, c'est plutôt le calme plat. Mon travail me prend énormément de temps et je n'ai pas beaucoup de place pour une histoire amoureuse... même si j'ai essayé, et plus d'une fois ! Mais quand on pratique mon métier, on s'entend toujours dire que l'on sent la mort... Cela effraie beaucoup d'hommes et les fait partir en courant, même avant le premier baiser.

— Mais non, Babeth, tu sens très bon ! dit Amandine en humant les agréables effluves.

— Oui, mais ça c'est ma nouvelle eau de toilette, elle se répand un peu.

— Elle est très agréable, elle sent le printemps ! dit Cécile.

— Elle est à base de fleurs, et surtout d'iris, ma préférée ! Délicate et suave, comme moi !

Les deux femmes se mirent à rire aux jeux de mots de leur amie.

— Et vous, les filles ? J'ai toujours pensé, et je ne suis pas la seule dans le service, qu'il y avait quelque chose de fort entre vous et même que vous seriez ensemble...

Cécile et Amandine se regardèrent intensément.

— Peut-être, mais ce n'est pas parce que nous sommes très complices que nous sommes ensemble... Mais nous préférons garder le silence sur notre vie privée... Nous ne parlerons pas, même sous la torture ! dit Cécile.

— Et si la torture se présente sous les traits d'un autre verre ? lança Babeth.

— Toujours pas, même sous le supplice du mojito, on préfère laisser planer le mystère..., dit Cécile en lançant un doux regard à Amandine qui le lui rendit.

Babeth était frustrée de ne pas savoir, même si elle avait des doutes.

— Si on passait commande, dit Amandine. Je commence à avoir un creux !

— D'accord, on va choisir. Ils font une merveilleuse salade aux foies de volaille et plein d'autres choses tout aussi délicieuses, dit Babeth.

Elles s'accordaient sur un plat différent chacune, afin de pouvoir goûter en picorant dans les assiettes les unes des autres. La soirée se termina tard, c'était le week-end, avec des rires et des fous rires. Elles espéraient qu'il n'y aurait pas de meurtre le dimanche et qu'elles pourraient faire une grasse matinée bien méritée.

XXIV

Malgré tous les moyens mis en œuvre pour retrouver Martha Jennings, elle restait introuvable. Elle s'était complètement évaporée sans laisser la moindre trace. La recherche avec le lancement du mandat d'arrêt international ne donna pas plus de résultats malgré la photo de Martha placardée dans toutes les gendarmeries et commissariats du monde...

Deux ans plus tard...

XXV

Cécile et Amandine, prévenues par une femme inquiète de ne pas avoir vu sa voisine partir à l'aube comme à son habitude, se rendirent à l'adresse indiquée. La maison coquette semblait dormir encore, enveloppée dans la brume matinale. En s'approchant de l'entrée principale, elles trouvèrent la porte close. Sur la sonnette de la maison était mentionné *Maitre Léo Bourrache.*

— Si c'est un avocat, il va falloir être prudentes...

— Comme d'habitude, rajouta Amandine avec un petit sourire.

Elles sonnèrent plusieurs fois et frappèrent à la porte sans succès.

— Fais le tour de la maison, Amandine.

Elle s'exécuta et contourna la maison par le jardin, vérifiant toutes les portes et regardant par toutes les fenêtres.

— Tout est fermé Cécile, fenêtres et portes closes... La maison est vide !

— Bon, on va interroger la voisine qui nous a appelées...

En se rendant à la maison d'à côté, elles sonnèrent chez Caroline Simon qui ouvrit rapidement sa porte.

— Bonjour madame Simon, Gendarmerie nationale. Commandant Mangin et capitaine Drot.

Les deux gendarmes lui présentèrent leur carte en plus du brassard arboré sur la manche.

— C'est bien vous qui nous avez prévenues au sujet de nuisances sonores ?

— Oui, c'est bien moi ! À vrai dire, je vous ai vues à la maison des Bourrache où vous n'avez vraisemblablement pas pu entrer. Je vais vous raconter ce que j'ai entendu. Donnez-vous la peine d'entrer.

Les deux officiers se retrouvèrent dans un salon décoré avec beaucoup de goût.

— C'est beau chez vous ! lança Amandine.

— Merci beaucoup. Mais prenez place, je vous en prie.

Amandine s'assit dans un fauteuil moelleux et Cécile resta sur une des chaises qui entouraient la table du salon.

— On vous écoute, madame Simon. Racontez-nous !

Amandine avait sorti calepin et stylo pour prendre des notes.

— C'était hier soir, quand Léo Bourrache est rentré du tribunal où il avait plaidé dans une affaire difficile. Il avait l'air assez remonté. Il a commencé à « gueuler » sur Inès, sa femme, parce qu'il venait de perdre un procès. Il a ordonné aux enfants d'aller dans leur chambre, mais ils ont filé par l'arrière pour se réfugier chez moi car ils ne pouvaient rien faire pour apaiser la tempête qui s'annonçait. Ils me connaissent bien, je les garde souvent et ils ont dormi chez moi. Ils n'aiment pas quand leur père crie sur leur mère. Ils étaient terrorisés, comme à chaque fois que leur père s'en prend à leur maman qui, bien sûr, n'y était pour rien... et ils ont évidemment eu beaucoup de mal à s'endormir. J'entendais parfois les cris d'Inès, couverts par ceux de son mari. Comme il avait l'habitude de s'exprimer bruyamment à chaque fois qu'il avait perdu un procès, je ne me suis pas alarmée outre mesure. Je n'entendais que lui, car ils n'avaient pas vraiment un dialogue, Inès étant empêchée de s'exprimer. La seule chose qui l'intéresse, c'est la domination, je pense.

— Pourquoi nous avoir appelées, alors ?

— Vers la fin de la dispute, je n'entendais plus la voix d'Inès ni celle de Léo. La maison s'était soudainement endormie. Tout était étrangement calme et silencieux. J'ai pensé qu'ils étaient allés se coucher pour se réconcilier sur l'oreiller, comme d'habitude. Mais c'est ce matin que je me suis vraiment inquiétée. J'ai vu Léo sortir du garage avec sa voiture et partir à son travail comme à son habitude. Mais aucun signe d'Inès, à moins que je ne l'aie simplement pas aperçu, leur voiture ayant des vitres teintées. C'est le calme et les volets de leur chambre baissés qui m'ont intriguée. D'habitude, Inès ouvre en grand pour aérer les draps et les oreillers en les posant sur le rebord de la fenêtre, mais pas ce matin. Et elle serait sans doute venue récupérer les enfants qu'elle savait chez moi. Je suis allé sonner et frapper à la porte sans obtenir aucune réponse de sa part. C'est là que j'ai pensé qu'il s'était passé quelque chose de grave et que je vous ai appelées.

— Vous avez bien fait, madame Simon. Nous aussi, n'avons eu aucune réponse quand nous avons sonné et tapé à la porte de chez eux. Vous pensez que son mari pourrait être violent ?

— Vu le niveau sonore des cris, cela est bien possible, mais je ne le connais pas assez pour savoir s'il en est capable. On ne connait jamais vraiment les gens, vous savez. Même si on vit avec quelqu'un pendant plusieurs années, on peut avoir des surprises parfois...

— Bon, nous allons tout de même être obligées de vérifier encore une fois sur place. Je vais essayer de contacter maître Bourrache au Palais de Justice, dit Cécile.

Elle composa le numéro du Palais en demandant à parler à maître Bourrache.

— Maître Bourrache ne plaide pas aujourd'hui, essayez plutôt à son cabinet, lui répondit-on.

Cécile tenta de joindre son cabinet où elle tomba sur la secrétaire.

— Maître Bourrache s'est absenté, pour se rendre à un enterrement je crois. Mais je ne sais pas exactement où et il n'est pas joignable. Vous souhaitez parler à un de ses associés, peut-être ?

— Non, merci beaucoup, madame, dit-elle en raccrochant.

Cécile se tourna vers Caroline Simon.

— Il se serait absenté pour un enterrement... Vous êtes au courant ?

— Non... Mais d'habitude Inès me prévient quand ils s'absentent.

— Apparemment, il sera absent un ou deux jours, selon la secrétaire de son cabinet. La cérémonie n'ayant pas lieu dans la région. Il est possible qu'ils soient partis tous les deux ?

— Je ne suis pas toujours à ma fenêtre, non plus...

— Bon, je vais appeler un serrurier, dit Amandine.

— Oui, dit Cécile, nous devons aller jeter un coup d'œil à l'intérieur. Merci beaucoup, madame Simon, pour tous ces précieux renseignements.

— Je vous en prie ! Mais j'avoue être très inquiète pour Inès... Je l'aime beaucoup, vous savez ! Et ses enfants aussi, bien sûr !

— Nous vous tiendrons au courant, ne vous inquiétez pas !

Les deux enquêtrices sortirent de la maison pour rejoindre leur véhicule en attendant l'arrivée du serrurier.

— Tu penses qu'elle est encore dans la maison, Cécile ? demanda Amandine.

— C'est possible, mais si c'est le cas, ce serait vraiment inquiétant. Comme il s'est absenté pour un enterrement, ils sont peut-être partis ensemble...

— En laissant leurs enfants à leur voisine ?

— C'est plausible, tu sais. Un enterrement n'est pas vraiment la place pour des enfants. Mais dans, ce cas, je pense qu'elle aurait prévenu sa voisine pour les garder, tu ne penses pas ?

— Tu as raison, dit Amandine en posant sa main sur la jambe de sa collègue.

Cécile sourit en regardant Amandine, en remerciement des yeux pour cette charmante attention.

Arsène le serrurier arriva avec sa trousse à outils et se dirigea vers la voiture des gendarmes, interrompant leur petit moment privilégié. Il tapa à la vitre, ce qui les fit sursauter un peu.

— Bonjour, vous avez besoin de mes services ?

— Oui, on arrive !

Cécile et Amandine sortirent de la voiture pour se diriger avec lui vers la maison des Bourrache.

— Bonjour Arsène, nous aurions besoin d'ouvrir la porte principale...

— C'est comme si c'était fait !

Le serrurier s'activa sur la serrure et le déclenchement de l'ouverture se fit entendre quelques instants plus tard.

— Et voilà ! dit le serrurier pas peu fier de lui.

— Merci beaucoup, Arsène. Mais ne restez pas là, cela peut être dangereux.

— Oui, ne vous inquiétez pas, je file ! Toujours à votre service, répondit l'homme en se dirigeant vers son petit utilitaire où il rangea sa trousse et prit le volant pour repartir rapidement.

Nos deux gendarmes poussèrent doucement la porte en appelant madame Bourrache.

— Madame Bourrache, c'est la Gendarmerie ! Vous êtes là ?

— Inès, répondez-nous, ajouta Amandine.

Après l'avoir appelé plusieurs fois et sans aucune réponse pour briser le silence, Cécile et Amandine entrèrent dans la maison, arme au poing. Elles avançaient doucement, regardant partout et dans toutes les pièces et ne sachant à quoi s'attendre. Elles marchaient prudemment en posant leurs pieds en silence, afin de pouvoir entendre chaque bruit suspect. Amandine marcha sur des débris de verre et s'immobilisa.

— Je pense qu'il y a dû y avoir une petite discussion dans du verre brisé.

— Il n'y a pas de sang sur les éclats de cristal ! Les verres sont peut-être des victimes collatérales, comme les chaises renversées !

— Espérons-le. Il y a quand même eu une sacrée agitation par ici !

Après avoir visité toutes les premières pièces, c'est par la porte restée entre-ouverte de la cave qu'un gémissement se fit entendre. Une plainte longue et étouffée. Cécile descendit les quelques marches qui menaient au sous-sol en s'éclairant de sa lampe de poche. Quand elle aperçut une femme attachée sur une chaise, elle alluma la lumière principale. Petite brune d'une trentaine d'années, Inès Bourrache était en sous-vêtements, un bandeau sanguinolent sur les yeux, bâillonnée et couverte d'hématomes de différentes couleurs. Cécile appela Amandine qui descendit rapidement. Elle était effrayée à la vue de la victime.

— Oh putain ! C'est pas vrai !

— Va jeter un œil à l'étage, s'il te plait.

Amandine s'exécuta et redescendit rapidement.

— RAS, Cécile. Heureusement que les enfants sont chez la voisine !

C'est en s'approchant d'Inès qu'elles s'aperçurent qu'elle était ligotée à la chaise avec du fil de fer barbelé. De minces filets de sang s'écoulaient à chaque pointe enfoncée dans la chair à nu. Cécile mit des gants pour lui écarter le bandeau sur ses yeux. En défaisant le bâillon, elle s'aperçut que sa bouche était bourrée d'un chiffon pour la rendre muette. Elle retira délicatement le bouchon de tissu profondément enfoncé et lui dégagea toute la cavité buccale. Quand elle fut enfin délivrée, Inès respira fortement. On pouvait lire sa souffrance dans ses yeux. Restée dans cet état longtemps, elle n'avait plus la force de crier. Seules les larmes coulaient et les gémissements sortaient de sa bouche meurtrie.

— Appelle notre légiste préférée, Amandine. Elle seule pourra la délivrer de son carcan de métal sans trop lui faire de mal.

Tout son corps était une plaie vivante, colorée de sang et de larmes. À chaque mouvement, elle serrait les dents de douleur.

— Nous allons vous délivrer rapidement de votre sarcophage métallique. Notre légiste a tout le matériel nécessaire pour une délivrance sans souffrances, dit Cécile.

— Merci, balbutia-t-elle d'une voix presque éteinte.

— Vous avez passé toute la nuit dans cet état ?

Inès se contenta de la regarder pour qu'elle comprenne.

— C'est votre mari qui vous a fait ça ?

Inès opina du chef dans une confirmation muette.

Élisabeth Leprince arriva rapidement sur les lieux. Quand elle vit Inès ficelée sur sa chaise, elle eut un mouvement de recul.

— Ce n'est pas possible ! Ce n'est pas un humain qui a fait ça ! Elle se tourna vers Cécile. Vous avez appelé le SAMU ?

— Oui, ils arrivent...

Le technicien de la Scientifique se dépêcha de photographier Inès de tous les angles possibles. Malgré toute la délicatesse de Babeth pour la libérer, en glissant un tissu sous le fil de fer pour ne pas trop blesser la victime, Inès plissait les yeux et serrait les dents à chaque coup de pince. Vu la difficulté pour libérer la victime, Élisabeth mit longtemps avant de la délivrer complètement. La chose faite, la légiste aida Inès à descendre de sa chaise de souffrance pour l'installer en position allongée sur le brancard qui venait d'arriver. Cette manœuvre fit bien sûr grimacer la victime qui avait été martyrisée sur toute la surface de son corps, même les parties les plus intimes.

— Vous pouvez l'emmener. Mais délicatement, les garçons !

— Nous ferons notre possible, Docteur, promis !

Les pompiers soulevèrent la civière pour emmener Inès aux urgences de l'hôpital de plus proche.

— Bravo Élisabeth, tu as fait du bon boulot !

— D'habitude, mes clients ne râlent pas ! Je manque de pratique pour soigner les vivants.

— Mais tu t'en es quand même bien sortie, je trouve, lança Cécile.

— Je compte sur vous pour retrouver le monstre qui a osé lui faire ça, les filles !

— T'inquiète, on va le trouver et il va payer le prix fort.

À la vue du brancard, Carole Simon sortit de chez elle mue par un mélange de curiosité et d'inquiétude. Elle s'adressa à Amandine.

— Que lui est-il arrivé ? Elle est vivante ?

— Oui, rassurez-vous, elle est vivante. Meurtrie, mais vivante.

— Je me doutais bien qu'il y avait un problème ! Je le savais ! Je le sentais ! La violence psychologique amène toujours à la violence physique.

— En effet, vous avez eu le bon réflexe de nous appeler. Encore merci, madame Simon.

— C'est la moindre des choses.

— Nous allons faire les démarches nécessaires auprès du Juge pour que vous obteniez la garde des enfants le temps que leur mère sorte de l'hôpital.

— Merci beaucoup, commandant. Ils sont adorables vous savez, et ils ne méritent pas de vivre ça. Mais il parait que le temps referme les blessures...

— Je pense qu'il vaut mieux ne pas leur parler de ce triste évènement pour le moment...

— Oui, je leur dirai qu'effectivement leurs parents sont à un enterrement dans une autre région, loin d'ici, et qu'ils vont rester quelques jours... Leur chambre donne sur l'arrière de la maison, ils n'ont donc rien vu ni rien entendu, je pense, ce sont de vraies marmottes ! Il est possible qu'ils dorment encore, d'ailleurs !

— Oui ! Ils seront confrontés bien assez tôt à la triste réalité, dit Cécile.

Les enfants de femmes battues sont souvent les premières victimes de la violence. Ils se cachent sous la table, sous le lit ou sous la couette dans leur chambre et même dans l'armoire parfois. Quand ils tentent de s'interposer entre leurs parents, ce sont eux qui risquent de prendre des coups. Mentalement, ils rentrent dans leur coquille pour ne plus exister : ils veulent que les violences cessent. Ils en gardent néanmoins des séquelles toute leur vie et ce sont des enfants cabossés qui perdent leur enfance pour devenir adulte plus vite. Après, ils doivent se reconstruire et tous n'y arrivent pas, même avec un suivi psychologique. Beaucoup ont des problèmes de mémoire, se retrouvent souvent en échec scolaire avec parfois des envies suicidaires. Devenus grands, ils ont des rapports humains dif-

ficiles. Ils risquent aussi de reproduire le même schéma avec leur conjoint dans le cercle persistant de la violence ordinaire.

Inès Bourrache dut encore affronter plusieurs heures de souffrances avant que les gendarmes ne puissent l'interroger le lendemain. Son état nécessitait de nombreux soins. Cécile et Amandine se rendirent dans sa chambre d'hôpital, gardée en permanence par un gendarme par peur de récidive de son mari. Elles venaient pour prendre de ses nouvelles et lui poser les questions essentielles pour comprendre ce qui lui était arrivé et entamer l'enquête sur des bases solides. Cécile toqua à la porte de sa chambre et elles entrèrent toutes deux dans la pièce.

— Bonjour madame Bourrache, comment vous sentez-vous ?

— J'ai encore mal partout, mais j'ai l'impression que j'aurai plus de mal à me remettre moralement que des blessures physiques.

— Vous avez besoin d'un psychologue ?

— Je vais voir comment les choses évoluent. Si le stress post-traumatique ne faiblit pas, je vous le dirai.

— Vous voulez bien nous raconter ce qui s'est passé ?

— Et mes enfants ? Ou sont-ils ? Il ne leur a pas fait de mal au moins ?

— Rassurez-vous, ils se portent bien et sont chez votre voisine, Caroline Simon, jusqu'à votre rétablissement. C'est elle qui nous a prévenus, car elle s'inquiétait de ne pas vous voir sortir ce matin.

Inès prit une grande respiration de soulagement avant de se lancer dans les explications.

— C'est bien Léo, mon mari, qui m'a fait ça. À chaque fois qu'il gagne un procès, c'est Champagne, gros bouquet de fleurs et restaurant. Par contre, quand il perd, c'est un déchainement de cris, de coups et de supplices en tous genres. Les barbelés, c'est la première fois. Je ne comprends pas son attitude. À chaque fois, il rejette la faute sur moi alors que je ne suis pour rien dans son échec.

— Ce n'est donc pas la première fois qu'il lève la main sur vous ?

— Non ! Mais heureusement, il gagne plus souvent ses procès qu'il n'en perd.

— Inutile de prendre sa défense, madame Bourrache, il n'a pas le droit de vous frapper. En tant qu'avocat, il est bien placé pour le savoir, affirma Amandine.

— Par contre, nous sommes sans nouvelles de lui depuis que nous vous avons découverte. C'est d'ailleurs grâce à votre voisine, Caroline Simon, que nous vous avons trouvée aussi vite... Si elle ne nous avait pas prévenus, vous auriez sans doute passé de nombreux jours, voire plus, dans la position inconfortable dans laquelle nous vous avons trouvée.

— Heureusement qu'elle est là ! J'irai la remercier quand je sortirai d'ici pour retrouver mes enfants. Elle resta silencieuse quelques instants, puis reprit : Ce n'est pas la faute de Léo, il ne supporte pas de perdre !

— Ne lui cherchez pas d'excuses, il n'en a aucune !

Inès était encore un peu dans la ouate après ces tragiques évènements.

— Que va-t-il arriver maintenant ?

— Vous allez vous reposer et vous soigner pour pouvoir rentrer chez vous rapidement et retrouver vos enfants. Il y a un gendarme dans le couloir pour votre sécurité.

— Mais si je rentre, il va recommencer !

— Ne vous inquiétez pas, Inès, nous sommes à sa recherche et nous le trouverons afin de l'interroger. Quand vous serez chez vous, il y aura en permanence deux gendarmes en faction dans une voiture banalisée devant votre maison, jusqu'à ce qu'on le retrouve. Et votre voisine nous préviendra si jamais il refait surface avant !

— Je vous en prie, ne lui faites pas de mal !

— Je vous trouve bien indulgente après ce qu'il vous a fait !

— C'est mon mari depuis dix ans et le père de mes enfants, ça compte quand même !

Cécile tempéra et essaya de lui faire comprendre les risques qu'elle encourait.

— Si nous n'arrivons pas à mettre la main dessus, il peut revenir et faire pire ! La prochaine fois, il va sans doute vous massacrer si nous ne l'arrêtons pas !

Inès Bourrache se calma et se retrouva en proie au doute.

— Nous vous tiendrons au courant de l'avancée de l'enquête, bien évidemment !

— Merci pour tout, lança Inès faiblement.

— Nous ne faisons que notre travail, madame Bourrache.

Les deux gendarmes sortirent de la chambre d'hôpital.

— C'est tout de même incroyable qu'elle tienne encore à son mari après tout ce qu'il lui a fait subir ! Toutes ces violences, ces humiliations ! dit Amandine.

— Je suppose que c'est ce qu'on appelle l'amour, répondit Cécile.

— C'est tout sauf de l'amour, je pense.

— Tu as raison, Amandine.

Elles se regardèrent avec un grand sourire.

Caroline prit quelques jours de congé pour garder les enfants jusqu'au retour de leur mère. Elle rejoignit Inès avec eux dès son retour, deux jours plus tard. Laura et Tristan étaient contents de retrouver enfin leur mère.

— Merci Caroline, sans toi je ne sais pas ce que j'aurais fait !

— Je t'en prie, c'est normal de s'entraider entre voisins.

Puis elle se retira pour laisser Inès et ses enfants à la joie des retrouvailles.

Le lendemain, Caroline Simon se rendit à son travail au Palais de Justice où elle était employée comme secrétaire. Elle ne put s'empêcher de raconter toute cette histoire à Martha Jennings, qui faisait un stage dans son service, inscrite sous un faux nom.

XXVI

Dans la salle de réunion, entourée d'une partie de l'équipe, Amandine collait le portrait réalisé d'après une photo fournie par Inès, de l'homme recherché sur le tableau.

— Le voilà, le tortionnaire : Maitre Léo Bourrache, quarante ans, cheveux et yeux noirs, environ un mètre quatre-vingts et sans doute habillé en costard cravate comme à son habitude. Il est introuvable pour l'instant, mais doit plaider demain.

— Mais il n'est toujours pas retourné au Palais de Justice ni à son domicile.

— Aucune piste ?

— Non, rien. Rien du tout ! C'est désespérant.

— Bon, nous allons élargir notre recherche aux départements voisins et ensuite à tout le pays, si nécessaire.

La diffusion de sa photo par un avis de recherche fut lancée. Dans un département limitrophe, l'enquête s'orienta vers un certain Léo Bourrache, commercial dans une entreprise d'import-export. Cécile et Amandine prirent la décision de se rendre au siège de l'entreprise en espérant retrouver leur homme, à moins qu'il ne s'agît tout simplement d'un homonyme. Elles furent bien reçues dans l'entreprise par le gérant qui reconnut tout de suite Léo Bourrache quand Amandine lui montra la photo. Il les informa qu'il était bien commercial dans son entreprise, mais qu'il était en clientèle actuellement.

— Auriez-vous un organigramme avec les portraits de tous vos commerciaux ?

— Oui, bien sûr, répondit le gérant en tapotant sur son clavier d'ordinateur.

Après un petit moment de recherche, il afficha l'organigramme demandé.

— Ah, le voilà !

Il tourna l'écran vers les deux enquêtrices. En effet, c'était bien le même homme.

— Pourriez-vous nous imprimer sa fiche, s'il vous plait ?

— Mais bien sûr !

Il appuya sur une touche et la fiche sortit de l'imprimante.

— Mais pourquoi le recherchez-vous, exactement ? Je n'ai pas à me plaindre de lui, c'est un excellent élément !

— À ce stade de l'enquête, nous ne pouvons malheureusement rien vous dire...

— Je comprends, mais tenez-moi au courant tout de même !

— Vous serez informé en temps utile, rassurez-vous.

Cécile et Amandine remercièrent le gérant pour sa coopération et rejoignirent leur véhicule garé sur le parking. Une fois assise, Amandine lut la fiche à haute voix.

— Les renseignements correspondent à la description de notre homme. Tu te rends compte, il a certainement une double vie ! Cela va corser l'enquête !

Cécile démarra en trombe. Elles se rendirent à l'adresse figurant sur la fiche de Léo Bourrache. Elles se retrouvèrent devant un petit immeuble d'où une personne sortait au moment où elles allaient entrer. Elles montèrent directement au deuxième étage et sonnèrent à la porte marquée Bourrache. La femme qui leur ouvrit la porte fut surprise de voir deux femmes portant des brassards de la Gendarmerie et exhibant leurs insignes.

— Bonjour madame ! Nous sommes à la recherche de Léo Bourrache.

— C'est bien ici ! Je suis Émilie, sa femme. Mais pourquoi recherchez-vous Léo ?

Amandine lui montra la photo.

— C'est bien votre mari ?

— Oui, c'est lui. Mais… que se passe-t-il ?

— Nous aimerions l'interroger dans le cadre d'une enquête en cours !

— Mais… Il n'est pas là ! Il est sur les routes, comme d'habitude !

Les officiers lui demandèrent s'il couvrait toujours la région notée sur l'organigramme.

— Oui, je ne pense pas que cela ait changé. Il me l'aurait dit !

— Comment se comporte-t-il avec vous ? A-t-il déjà été violent envers vous ?

— Non, jamais ! Au contraire, il est vraiment très gentil et prévenant. S'il avait porté la main sur moi, j'aurais demandé le divorce immédiatement !

Amandine et Cécile croisaient leurs regards, soudain en proie au doute.

— Votre mari a-t-il un frère jumeau, madame Bourrache ?

— Non, pas que je sache ! Mais pourquoi me demandez-vous ça ?

— Il est possible alors que votre mari soit un homonyme de la personne que nous recherchons. Si son attitude ressemble à votre description, il n'y a pas lieu de vous inquiéter..., dit Amandine.

— Demandez-lui de nous rappeler tout de même dès que possible, dit Cécile en lui tendant sa carte.

— Je lui dirais dès qu'il rentre de sa tournée.

— Merci beaucoup, madame Bourrache, désolé pour le dérangement !

La femme n'était qu'à moitié rassurée quand les gendarmes la remerciaient en repartant.

— Si c'est bien notre homme, il aurait une double vie d'avocat et de commercial avec deux femmes et un comportement vraiment très différent : c'est incroyable, non ?

— Cela va surtout nous compliquer la tâche ! Mais je pense que c'est bien le même homme, dit Cécile. Les pervers sont de grands manipulateurs !

— Ne t'inquiète pas, on va le choper, ce salaud !

— Je n'ai aucun doute là-dessus ! On forme une bonne équipe et très efficace.

— Je ne te le fais pas dire, répondit Amandine avec un immense sourire.

Après quelques jours de chasse à l'homme difficile, Léo Bourrache fut retrouvé flottant sur le ventre dans un nuage de sang, à la surface d'une piscine d'hôtel. Cécile et Amandine, prévenues, se retrouvèrent sur place en compagnie d'Élisabeth Leprince qui avait déjà fait ramener le corps sur le bord du bassin rougi, pour effectuer les premières constatations.

— Joli trou dans la tête ! Je parierais presque sur du 7.62. La série continue ?

— Difficile de croire que Martha Jennings soit de retour après deux ans de silence, dit Cécile.

— Difficile à croire, mais pas impossible. À moins que ce ne soit l'œuvre d'un imitateur, ou d'une imitatrice bien sûr. Attendons l'autopsie avant de faire des plans sur la comète.

— Il va falloir prévenir la veuve, dit Babeth.

— Les veuves !

— Comment ça, il avait deux femmes ?

— Oui, il avait une double vie : avocat et commercial dans l'import-export.

— Il y en a qui ne s'emmerdent pas, répliqua Babeth, un peu décontenancée.

— C'est la preuve qu'il y a encore des aventuriers !

— Ouais, bon, tromper deux femmes à la fois, ce n'est pas vraiment une aventure !

— Tu as raison Amandine, ce sont plutôt deux trahisons !

— Je suis bien d'accord avec toi, dit Babeth avec une mine dépitée.

— Bon, on te retrouve à l'IML, Babeth ?

— Ben oui, c'est le plus bel endroit au monde !

Les trois femmes se mirent à rire à cette réplique digne de la légiste espiègle.

À la morgue, les trois femmes se retrouvaient autour du cadavre de Léo Bourrache.

— Alors ?

— Balle de 7.62 gravée au nom de LÉO. La gravure des lettres correspond au style de Martha Jennings : c'est bien exécuté de sa main. Il n'y a aucun doute là-dessus.

Cécile et Amandine se regardaient :

— Elle est revenue ! dirent-elles en chœur.

Le portrait-robot fut à nouveau diffusé largement, et même dans la presse, pour espérer trouver rapidement la trace de Martha Jennings, qui semblait ne pas vouloir s'arrêter de poursuivre sa chasse meurtrière.

— Elle a déjà fait cinq victimes et une tentative ratée, mais où va-t-elle s'arrêter ?

— Il est absolument indispensable d'y mettre le holà... Sinon, cela risque de continuer longtemps, dit Cécile. Le procureur va encore me mettre la pression pour qu'on l'arrête au plus vite ! Elle semble vraiment déterminée à éliminer tous ceux qui s'attaquent physiquement aux femmes de son entourage... et à d'autres encore. Et comme dans chaque affaire, il y a un article dans la presse... où elle a toutes les informations concernant l'enquête.

Cécile et Amandine rendirent visite aux deux veuves pour leur apprendre le décès de leur conjoint commun et leur racontèrent la vérité sur la personne qu'elles pensaient avoir épousée.

Quand nos deux gendarmes sonnèrent chez Inès Bourrache, revenue à la maison, elle vint leur ouvrir avec un grand sourire.

— Bonjour ! Vous l'avez retrouvé ?

À la mine des gendarmes son sourire se figea.

— Nous avons une mauvaise nouvelle, madame Bourrache. Nous avons effectivement retrouvé votre mari, baignant dans son sang dans un hôtel de la région. Une enquête est en cours pour connaitre les causes de son décès... Nous vous présentons nos sincères condoléances.

Inès fut décontenancée par cette nouvelle, mauvaise malgré tout ce qu'il lui avait fait subir et elle en avait les yeux humides. Elle pria les deux officiers de rentrer au salon où chacune prit place.

— Il avait aussi une double vie. Il vivait en couple avec une autre femme et exerçait le métier de commercial dans l'import-export.

— Ce n'est pas possible ! Mais comment a-t-il pu me faire ça ?

— D'après son autre femme, Émilie, il était l'exact contraire de celui que vous connaissiez : très gentil et prévenant... Le jour et la nuit !

— J'ai beaucoup de mal à le croire, même si je sais que vous me dites la vérité. Il avait donc deux visages : le gentil et le monstre !

— C'est un peu ça, et doublé d'un excellent comédien apparemment !

— Je tombe de haut ! Je ne m'attendais vraiment pas à ce genre de révélation. Cela va être difficile d'expliquer ça aux enfants. Ils sont encore petits. Laura a dix ans, elle pourrait peut-être l'entendre, mais je ne veux pas risquer de la traumatiser. Et Tristan, du haut de ses cinq ans, n'est pas en mesure de comprendre...

— Dites-leur que leur papa a eu un accident, pour l'instant, et vous leur direz la vérité quand ils seront en âge de la comprendre, dit Amandine.

— Oui, merci. Je pense que c'est la solution la plus sage pour le moment.

— Nous vous préviendrons quand vous pourrez récupérer le corps pour l'inhumation.

— Je vous remercie vraiment pour tout ce que vous avez fait pour moi.

— Je vous en prie, dit Cécile, nous n'avons fait que notre travail.

— Au revoir, madame Bourrache, bon courage ! ajouta Amandine avant de sortir de la maison et de repartir pour la gendarmerie.

L'autre veuve, Émilie Bourrache, la femme du Léo commercial, fut très surprise quand nos deux gendarmes vinrent sonner à sa porte.

— Bonjour, madame Bourrache. Nous sommes malheureusement porteurs d'une mauvaise nouvelle. Nous sommes désolés de vous apprendre le décès de votre mari, Léo Bourrache.

Émilie fut un peu décontenancée par cette nouvelle un peu brutale.

— Comment est-ce arrivé ?

— Une enquête est en cours et nous ne pouvons pas vous en parler, vous comprenez ? Mais nous devons vous apprendre également que votre mari avait une double vie, où il exerçait comme avocat, avec une autre femme et deux enfants.

C'en était trop pour Émilie, qui rentra dans l'appartement pour prendre une chaise et s'y laissa tomber lourdement.

— Oui, et en même temps, quand on est sur les routes toute la semaine, cela est facile de faire de mauvaises rencontres dans les hôtels et de voir d'autres femmes. Peut-être un concurrent jaloux, car il était très apprécié dans son métier et par son patron. Mais aller jusqu'à fonder une deuxième famille avec des enfants, lui qui n'en voulait pas, cela me dépasse un peu ! Je ne pensai pas avoir épousé un homme aussi pervers. Moi qui croyais bien le connaitre… Je tombe des nues !

— Nous sommes désolées de vous révéler le vrai visage de votre mari dans de telles circonstances, croyez-le bien.

— C'est tout de même bien de savoir la vérité, aussi. Je serai plus méfiante désormais. Merci pour votre démarche qui me semble nécessaire.

Émilie Bourrache était dans un état de confusion, elle se sentait trahie. Malgré ces mauvaises nouvelles sur la véritable identité de son mari, elle eut quelques larmes qui coulèrent sur ses joues. Cécile et Amandine prirent congé en lui adressant à nouveau leurs condoléances.

Le jour de la cérémonie funéraire, Cécile et Amandine se mêlèrent à la foule. Étrange sensation de voir les deux veuves se recueillir sur le cercueil de leur mari commun. Elles s'ignoraient complètement, aucune n'osant regarder l'autre. Nos gendarmes espéraient que Martha Jennings soit présente à la célébration ou cachée dans le cortège qui menait les personnes endeuillées vers ce charmant petit cimetière très arboré, qui se trouvait au bord d'une rivière impétueuse. Elles essayaient tant bien que mal de la repérer dans la foule, mais aucune présence suspecte. Elles rentrèrent bredouilles…

Malgré la large diffusion de l'avis de recherche, il n'y eut aucun résultat tangible. Personne n'avait aperçu Martha Jennings dans les parages...

— Cette femme est vraiment décourageante et insaisissable comme une anguille, dit Amandine.

— Nous avons affaire à une personne très intelligente, ne l'oublie pas.

— On va attendre qu'elle fasse une erreur...

— Elle va fatalement en commettre une, et j'espère que ce sera bientôt car le procureur ne me lâche plus ! Il m'appelle tous les jours maintenant !

— T'inquiète pas, on va la choper, forcément ! dit Amandine pour la rassurer un peu.

Les deux gendarmes se renvoyèrent un sourire après cette remarque pertinente.

XXVII

Maurice Langlois, gérant d'une déchetterie appela la gendarmerie pour une effraction à sa grille d'entrée. Cécile et Amandine se rendirent sur place pour les premières constatations. Elles virent un homme devant la grille de la décharge et sortirent de leur voiture en enfilant leur brassard.

— Bonjour ! Gendarmerie nationale. Vous êtes monsieur Langlois ?

— Oui, bonjour. C'est moi qui vous ai appelées quand j'ai vu que le cadenas et la chaine de la grille avaient été forcés.

Effectivement, la grille était entrouverte et le cadenas pendait à la chaine, complètement détruit.

— Vu l'état de destruction du cadenas, cela a dû être fait avec une masse ou une barre à mine.

— Oui, la ou les personnes voulaient vraiment entrer. Mais pourquoi ?

— Vous avez constaté d'autres dégâts ou vols de matériel, par exemple ? demanda Amandine.

— À première vue, rien d'autre n'a été dérangé. Mais j'ai préféré vous attendre avant de vérifier toutes les bennes.

— OK, on vous accompagne pour l'inspection, dit Cécile.

Après avoir passé en revue quelques containers où tout semblait normal, Maurice Langlois fut attiré sur le broyeur-déchiqueteur par une petite lumière clignotante qui était restée allumée.

— Tiens, la lumière de sécurité de la benne clignote ! C'est bizarre !

Il s'en approcha et tenta de l'éteindre, mais sans succès. Il monta sur la petite marche de la benne afin de pouvoir accéder au-dessus de la machine et voir ce qui coinçait.

— Oh putain ! s'écria Maurice Langlois avant de redescendre et de vider ses tripes un peu plus loin.

Cécile regarda Amandine. Elles avaient peur de comprendre. Cécile gravit le petit escalier et poussa un cri d'horreur.

— Amandine ! Viens voir ça !

Amandine sauta sur l'escalier pour rejoindre Cécile. Elles se trouvaient devant un horrible tableau. En effet, entre les axes du broyeur-déchiqueteur à cisailles, il y avait une partie du corps d'une jeune fille, dont seule la tête blonde et les bras émergeaient.

— Vous pouvez couper le courant de la machine, monsieur Langlois ? demanda Cécile au gérant.

Celui-ci obtempéra en coupant l'arrivée de l'alimentation sur le tableau électrique.

— J'appelle Élisabeth, dit Amandine.

— Oui, en espérant qu'elle arrive à identifier la victime... ou ce qu'il en reste. C'est tout de même une fin horrible ! J'espère qu'elle était déjà morte quand on l'a balancée là-dedans.

— Tu penses qu'il s'agit d'un crime ?

— Je n'en suis pas tout à fait sûre, mais cela m'étonnerait qu'elle ait plongé délibérément dans ces mâchoires d'acier tranchantes.

Dites, monsieur Langlois, quel est l'usage de cette machine... normalement ?

— Elle nous sert à réduire les volumes en broyant des bouteilles, des bidons plastiques, des contenants métalliques ou des cartons...

— Vous pensez que le corps aurait pu bloquer la machine ?

— Je n'en sais rien, je n'ai pas l'expérience du broyage d'êtres humains. La machine n'est pas conçue pour ça.

— Ou alors l'assassin a été dérangé, et il a bloqué lui-même la machine pour éviter que l'on entende le bruit !

— Il y a un arrêt d'urgence manuel, c'est possible, dit Langlois.

— Ne touchez à rien, notre légiste et la Scientifique arrivent...

Maurice Langlois était tellement décontenancé qu'il parlait uniquement par gestes. Il n'avait jamais vu ça de toute sa carrière. Il était vraiment très choqué et pâle comme un linge. Il dut s'assoir pour se remettre de cette effroyable vision.

Rapidement sur les lieux, Élisabeth Leprince se dirigea vers Cécile et Amandine.

— C'est lui la victime ? dit-elle en désignant Maurice Langlois. Il a l'air d'avoir vu un fantôme !

— C'est presque ça, dit Cécile. M. Langlois est le gérant de la déchetterie qui a découvert le corps après nous avoir appelés pour une effraction de la grille d'entrée.

— Ah bon, je me disais aussi...

— C'est dans la boîte, dit-elle en désignant le container.

La légiste sauta sur la marche et constata les dégâts.

— Ben mince alors, je n'ai jamais vu ça de toute ma carrière... Vous pensez qu'elle s'est suicidée ou qu'on l'a un peu aidée ?

— Nous penchons pour la deuxième hypothèse. Elle nous semble la plus plausible.

— Il lui aurait fallu une grande détermination pour sauter d'elle-même sur ces piques d'acier acérées, ajouta Amandine.

Élisabeth enjamba la machine pour s'approcher du corps, du moins des parties émergées des rouleaux destructeurs.

— J'espère qu'elle est morte sur le coup ! Enfin... Je situe à peu près le décès à trois ou quatre heures. La rigidité cadavérique n'a pas encore commencé. Par contre, il faudra essayer de la sortir de là afin que je puisse procéder à un examen approfondi... Mais s'il vous plait les amis, dit-elle en s'adressant à l'équipe de la PTS, faites les photos nécessaires sous tous les angles, des relevés d'ADN et d'empreintes sur le corps, la benne et surtout sur le tableau de commande. Ensuite essayez de la sortir de là avec un maximum de précautions.

L'équipe de la Police technique et scientifique s'attela à cette tâche ingrate pour extirper la victime des mâchoires mortelles. Une fois les restes déposés dans un sac mortuaire, Élisabeth fut invitée à s'approcher.

— Nous avons sorti la tête et les bras qui sont relativement intacts jusqu'aux épaules, mais le reste du corps est complètement broyé. Nous l'avons récupéré et mis dans un sac plastique.

— Merci ! Ramenez l'intégralité du corps à l'IML, je préfère l'examiner tranquillement au labo.

— Bien docteur, on vous apporte le tout chez vous.

— Merci les gars, vous avez fait du bon boulot. Je sais que ce n'était pas facile !

Élisabeth Leprince retourna chez ses gendarmes préférés.

— Eh ben dites donc, quelle histoire !

— Tu l'as dit, ce n'est tout de même pas ordinaire ! dit Cécile.

— Bon. On se retrouve dans mon boudoir, les filles ?

— Oui, on arrive !

En passant devant le gérant, toujours aussi blanc, Amandine s'adressa à lui.

— Ça va aller, monsieur Langlois ?

— Oui, je pense…

— Nous allons malheureusement devoir condamner l'accès à la déchetterie le temps de l'enquête, car c'est devenu une scène de crime. Nous vous tiendrons informé de la fin de nos investigations. Merci de mettre la broyeuse sous bâche afin de la préserver d'une pluie éventuelle.

— D'accord, je vais diriger les clients vers une autre déchetterie pour leurs dépôts.

— OK. Merci. On vous tient au courant, de toute façon.

Maurice Langlois était toujours assis sur une des chaises de son local et secouait la tête. Il avait du mal à se remettre de ses émotions.

— Une simple effraction qui débouche sur un homicide, ce n'est tout de même pas banal, dit Cécile.

— Surtout pour lui. Il a l'air très secoué. Il n'a pas l'habitude de voir des cadavres !

— Ben oui, j'imagine… On va voir Élisabeth, Amandine ?

— Logiquement, oui.

— On y va, alors...

Dans l'antre du docteur Leprince, la victime était allongée sur la table d'autopsie. Cécile et Amandine écoutaient religieusement les constatations de la légiste.

— Je viens d'examiner le corps, ou plutôt ce qu'il en reste, et cette jeune femme d'environ une vingtaine d'années, apparemment pas plus d'un mètre soixante, blonde, yeux verts, a été jeté vivante dans la déchiqueteuse. En témoignent des contusions au niveau du visage, du bras et du poignet. Elle a dû mettre de longues minutes avant de mourir.

— Ce n'est pas possible ! dirent Cécile et Amandine en chœur.

— Malheureusement si. Elle a dû se débattre et vouloir s'extirper avec l'énergie du désespoir, des mâchoires métalliques qui la cisaillaient. La cage thoracique a également été broyée, ce qui a occasionné le décès. C'est sans doute le crâne qui a bloqué le fonctionnement de la machine. Raison pour laquelle la tête et les bras sont restés intacts. Le reste du corps a été transformé en bouillie, mélangée aux tessons de verre et aux éclats d'aluminium. Elle a eu une mort atroce dans d'horribles souffrances. C'est à peu près tout ce que je peux vous dire...

Après un court silence et une grande inspiration, elle reprit son compte-rendu.

— Par contre, le fait d'avoir une tête intacte, m'a permis d'analyser son profil dentaire, et j'ai un nom à vous fournir. J'ai pu remonter jusqu'à son dentiste traitant grâce à un amalgame récent qu'il est le seul à utiliser dans la région. Ce qui m'a révélé l'identité de la victime. J'ai également envoyé des éléments au labo pour faire une recherche d'ADN.

— Alors ? s'impatienta Cécile.

— Il s'agit de Mlle Rose Amanda, née il y a une vingtaine d'années. Pour le reste, à vous d'effectuer les recherches, mes belles. Et surtout, trouvez le malade qui lui a fait ça. Mourir à vingt ans, c'est beaucoup trop tôt, surtout dans ces conditions. C'est une petite vie, tout de même.

— Merci pour tous ces renseignements, Élisabeth. On va la retrouver rapidement et on te tient au courant, évidemment.

Cécile et Amandine retournèrent à leur bureau pour commencer les investigations.

Avec le seul nom de cette pauvre victime, nos gendarmes retrouvèrent son adresse à laquelle elles se rendirent rapidement. En sonnant à la porte de la petite maison, elles n'eurent pas de réponse immédiate. Quand l'occupant se décida enfin à aller ouvrir, il tenta de refermer la porte à la vue des gendarmes, mais sans y parvenir complètement, Cécile ayant eu le réflexe de glisser son pied dans l'embrasure de la porte. Elle en profita pour entrer dans la maison, arme au poing. Elle avait fait signe à Amandine de faire le tour pour prendre l'homme à revers en cas de fuite. Ce qu'il tenta de faire en essayant de sortir par la porte de derrière, mais en tombant sur Amandine qui le tint en joue. Quand le fuyard se retrouva pris entre deux feux, il cessa toute résistance et se rendit en levant les mains.

Hugo Klein, 25 ans, grand blond à la tête rasée, est un néonazi alcoolique et toxicomane, tatoué sur les deux bras, piercings au nez et aux sourcils et bagues à chaque doigt.

— Nerveux ? lança Cécile.

— Je suis très méfiant avec les keufs. C'est un réflexe.

— Mauvais réflexe. Vous avez quelque chose à vous reprocher, peut-être ?

L'homme ne répondit pas, craignant de s'enfoncer encore un peu plus. Il se laissa tomber dans un canapé hors d'âge et complètement déglingué.

— Vous vivez ici avec Rose Amanda, je crois...

— Oui, mais elle n'est pas là pour le moment. Je ne sais pas où elle traine encore. Je ne l'ai pas revue depuis ce matin, cette salope.

— Pourquoi ce petit surnom, monsieur Klein ?

— Parce qu'elle n'obéit pas. Elle n'en fait qu'à sa tête !

— Comment ça ?

— Elle ne fait jamais ce que je lui dis et refuse d'adhérer à mes idées... C'est pour ça qu'on s'engueule souvent, d'ailleurs...

Amandine, pendant ce court interrogatoire, avait commencé à fouiller la maison et remonta de la cave avec un visage blême.

— Cécile, il faut que tu viennes voir ça.

Elle interrogea Amandine du regard, mais n'eut pas de réponse.

— Le temps de m'occuper de lui, répondit-elle en jetant un coup d'œil au canapé où Hugo Klein était toujours avachi, et j'arrive.

Cécile souleva Hugo Klein pour l'installer sur une chaise et le menotter au radiateur. Elle suivit Amandine à la cave. Elle fut si surprise qu'elle stoppa net. Elle n'en croyait pas ses yeux : une pièce entièrement dédiée à la gloire du nazisme. Immense drapeau à croix gammée au mur, portrait d'Hitler bien sûr, armes et insignes de l'aigle impérial et de la croix de fer. Même un mannequin affublé d'un uniforme noir, comme le portait la garde rapprochée du Führer, avec casquette à tête de mort et dague d'officier aux insignes de la Waffen SS. Une véritable ode à la gloire du IIIe Reich.

— Je comprends pourquoi Rose ne voulait pas adhérer à ces idées nauséabondes.

— Comment peut-on… ? rajouta Amandine.

— Tant que c'est de l'ordre de la vie privée, on ne peut rien faire.

— C'est malheureux…

Cécile et Amandine se dépêchèrent de fermer la porte pour ne plus avoir à subir ce spectacle désolant et retrouvèrent Hugo Klein, qui s'était un peu calmé entre-temps.

— Je comprends mieux pourquoi votre compagne refusait d'adhérer à votre association de malades…

— C'est ma vie privée, ça ne regarde personne.

Cécile reprit une grande respiration pour se calmer, avant de poursuivre.

— De quoi vivez-vous, monsieur Klein ?

— Je travaille au port comme docker et Amanda fait de la coiffure à domicile.

— Depuis combien de temps vivez-vous avec Rose Amanda ?

— Cela doit faire deux ans, je pense.

— Et la dernière fois que vous l'avez vue, comment allait-elle ?

— Elle semblait aller bien, pourquoi ?

— Parce que nous l'avons retrouvée !

— C'est super ! Elle va pouvoir rentrer pour me faire à bouffer !

— Je pense qu'il serait mieux de vous mettre à la cuisine...

— Pourquoi, elle ne veut pas rentrer, cette feignasse ? Elle préfère coiffer ses pétasses ?

— Je crains que non, monsieur Klein, elle n'est plus en état de se déplacer ni de faire la cuisine, maintenant.

— Que voulez-vous dire ? Elle n'est quand même pas...

— Nous l'avons malheureusement retrouvée sans vie...

— Merde ! Qu'est-ce qui lui est arrivé ?

— Elle gisait au fond d'une benne de la déchetterie. Dans un broyeur-déchiqueteur pour être précise.

Hugo Klein garda un silence prudent.

— Que faisiez-vous ce matin entre huit et onze heures ?

— J'étais ici, je me préparais pour aller au boulot l'après-midi.

— Comme vous étiez seul, votre alibi est invérifiable. Nous allons vous emmener au poste afin de poursuivre cette intéressante conversation.

— Mon patron va m'attendre. Si je ne suis pas au boulot à l'heure, il va me virer !

— Ne vous inquiétez pas, nous nous chargerons de le prévenir.

Amandine nota le nom et l'adresse de l'entreprise et téléphona tout de suite.

186

Après avoir emmené Hugo Klein menotté à la gendarmerie, Cécile et Amandine se retrouvèrent dans la salle d'audition avec le suspect.

— Alors, monsieur Klein, rien à nous dire de plus ?

— Ben non, sinon que je ne lui ai rien fait. Je vous jure !

— Il me semble avoir déjà entendu cette chanson, dit Cécile à Amandine avec un petit sourire en coin.

— Bon, soyons sérieux un moment. Vous ne l'auriez pas un peu bousculée, et un peu poussée votre amie ?

— Mais non, puisque j'étais seul chez moi à me préparer !

— Nous avons pourtant trouvé des ecchymoses sur son visage et ses bras. Elle n'a certainement pas pu se les faire elle-même. Vous ne vous êtes pas disputés un peu, ce matin ?

— Oui, comme ça arrive souvent dans un couple. Mais ce ne sont que les mots !

— Vous n'en seriez pas arrivés aux mains, monsieur Klein ? Quelques claques au visage et des coups portés aux épaules. Les hématomes aux bras démontrent une forte pression : vous l'avez peut-être maintenue au sol, non ?

— Non, je vous jure que je ne l'ai pas touchée !

Pour l'instant, nous n'avons pas de preuves formelles de votre implication dans son meurtre. Mais nous allons effectuer quelques vérifications, notamment un prélèvement d'ADN. Nous aurons la confirmation de notre intime conviction, croyez-moi.

— Vous ne pourrez rien prouver, puisque je dis la vérité !

— En attendant que nous poursuivions nos investigations, je vous signifie votre garde à vue, à partir de 13 h 30 aujourd'hui. Vous êtes suspecté du meurtre de votre amie Rose Amanda. Vous avez droit à un coup de fil à un proche, d'être assisté par un avocat de votre choix ou un avocat commis d'office ainsi que d'être examiné par un médecin.

— Mais ce n'est pas possible ! Je n'ai pas besoin d'avocat, je suis innocent ! Je ne l'ai pas touchée, je vous jure !

Cécile ne se laissa pas impressionner par ce petit facho et répliqua :

— Vous verrez, c'est très douillet chez nous. On va vous bichonner, dit-elle ironiquement en sortant de la pièce avec Amandine.

Un gendarme vint chercher Hugo Klein pour l'emmener en cellule.

— C'est vrai qu'on n'a pas grand-chose à se mettre sous la dent, pas de témoins qui aient vu ou entendu quelque chose, dit Amandine. C'est mince…

— Très mince même ! On va avoir du mal à prouver sa présence sur les lieux du crime. Babeth n'a trouvé aucune empreinte ou trace d'ADN exploitable.

Le lendemain, nos gendarmes n'ayant pu recueillir de nouveaux éléments pour prolonger la garde à vue, prévinrent le procureur. Elles prirent la décision à contre-cœur de relâcher le seul suspect de cette affaire.

— Nous vous libérons faute de preuves, monsieur Klein, mais vous restez à la disposition de la Justice. Vous ne quittez pas la région bien entendu.

— Je vous l'avais dit que j'étais innocent ! Je ne l'ai pas frappée, juste baisée !

— Mais oui, mais oui...

Hugo Klein sortit libre de la gendarmerie, savourant sa victoire avec un petit sourire au coin des lèvres.

Deux jours plus tard, les gendarmes, qui n'avaient toujours pas avancé d'un pouce, furent appelées sur le port de commerce. Élisabeth Leprince était déjà au chevet de la victime. Un petit groupe de quelques hommes discutait, pas très loin de là.

— Interroge ces personnes, Amandine avant de me rejoindre.

— Bien, commandant, je vais essayer d'apprendre quelque chose.

Amandine s'arrêta au niveau du petit groupe, sur le quai de déchargement.

— Bonjour messieurs, que s'est-il passé exactement ? demanda Amandine aux dockers rassemblés près de la grue.

— On a entendu un bruit de vitre brisée, dit l'un d'eux, puis on a vu Hugo tomber de sa grue, dix mètres plus bas. On n'en sait pas plus... On ne comprend pas...

S'approchant de la victime, Cécile reconnut tout de suite les bras tatoués. Il était couché sur le ventre et baignait dans son sang.

— Ah Cécile, bonjour ! Belle journée, n'est-ce pas ?

— Oui, mais j'ai peur qu'il ne puisse plus profiter du soleil, celui-là. Tu peux le retourner, s'il te plait ? J'aimerais vérifier quelque chose.

— Oui, il n'est pas gros, je vais pouvoir y arriver toute seule.

Quand il fut sur le dos, Cécile reconnut la victime :
c'était bien Hugo Klein !

— On lui a mis du plomb dans la tête au sens propre du
terme, et je ne pense pas me tromper de beaucoup en
tablant sur du calibre 7.62.

— Ce serait donc encore l'œuvre de Martha Jennings,
cette nouvelle victime ? Ça commence à faire beaucoup,
là...

— Je suis bien de ton avis, Cécile...

— Des bruits de vitre cassée et une chute de dix mètres,
c'est tout ce qu'ils ont vu et entendu, déclara Amandine
après les avoir rejoints.

Babeth lui parla de l'impact de balle dans la tête et de
son calibre.

— Il n'y a plus de doutes possibles, c'est bien notre insaisissable tueuse en série qui perpétue son œuvre funeste, dit-elle.

— Vu que la balle est entrée par le côté et quasiment à
l'horizontale, il est très possible que notre justicière se
trouvait postée à la même hauteur dans une autre grue.

Cécile envoya les hommes de la PTS inspecter la grue la
plus proche pour des relevés d'empreintes, d'ADN et
éventuellement d'autres traces exploitables.

— Comme d'habitude, pas d'empreintes mais un cheveu
retrouvé sur le poste de pilotage ! C'est sa deuxième erreur...

Les trois amies retrouvèrent enfin leur sourire, espérant que cet indice puisse faire avancer rapidement l'enquête qui piétinait depuis trop longtemps.

Cécile et Amandine furent conviées à la morgue par le docteur Leprince. Elle avait de nouvelles informations concernant la mort d'Hugo Klein.

— Je n'ai pas encore reçu le rapport de la PTS.

— Ah oui, il vient d'arriver, dit Babeth. Le voilà ! dit-elle en lui tendant le document.

Cécile parcourut le rapport rapidement.

— Le rapport confirme l'absence d'empreintes exploitables et la présence d'un cheveu retrouvé sur le poste de pilotage ! Ce que nous savions déjà !

— On va enfin pouvoir extraire son ADN, dit Amandine.

— Oui, et je vous confirme que la balle est bien du 7.62, dit-elle en exhibant un scellé. Avec le nom de HUGO gravé dessus, il n'y a donc plus d'ambigüité.

— C'est vrai, le doute n'est plus permis maintenant.

Elles échangèrent des regards qui en disaient long sur les difficultés qu'elles allaient rencontrer dans cette enquête avant de réussir à coincer la criminelle.

— Cerise sur le gâteau, en refaisant d'autres prélèvements, j'ai trouvé des traces ADN de Hugo Klein sous les ongles de Rose Amanda grâce à quelques fragments de peau. Elle a dû se défendre farouchement en le griffant sur la poitrine, avant de succomber.

Babeth leur montra les signes de griffures à côté d'un tatouage de croix gammée qui lui couvrait toute la poitrine.

— On en était pratiquement sûres, mais nous ne disposions d'aucune preuve pour l'inculper ! dit Cécile.

— Maintenant, ce n'est plus la peine d'en chercher. Il n'ira pas en prison, mais directement en enfer ! rajouta Amandine ;

— Il avait déjà un pied dedans avec l'alcool et la drogue, conclut Cécile.

— Merci pour tous ces renseignements, Babeth ! À bientôt !

— Pas trop tôt quand même, sourit la légiste.

Cécile et Amandine s'en retournèrent rejoindre la gendarmerie.

— Le problème pour Martha Jennings, c'est qu'on ne sait pas vraiment qui et où chercher, dit Cécile en sortant de la morgue.

— Pour le moment, nous avons un tas de paperasses qui nous attend.

— Je sais bien, mais comme d'habitude on va y aller à reculons...

Cécile et Amandine se mirent à rire et décidèrent d'aller prendre un verre avant pour se donner du courage. Car elles pensaient l'avoir bien mérité.

XXVIII

David Bourgeois, un grand homme chauve aux yeux bleus, entra dans la gendarmerie. Il s'adressa à l'agent féminin de l'accueil.

— Bonjour, je viens vous signaler une disparition inquiétante.

— Je vous écoute, monsieur. Qui est la personne disparue ?

— C'est Évangeline, ma fille. Elle est mineure.

— Depuis quand a-t-elle disparu ?

— Cela fait plus de vingt-quatre heures que nous nous en sommes aperçus.

— Elle a l'habitude de s'absenter aussi longtemps ?

— Non, c'est la première fois ! Quand elle reste dormir chez une copine, elle nous prévient toujours. C'est pour cette raison que nous sommes très inquiets. Nous avons laissé plusieurs messages sur sa boîte vocale, mais comme elle ne la consulte pas souvent... Nous avons contacté tous les membres de notre famille, ses amis proches, son lycée... Nous avons fait le tour de toutes nos connaissances proches et éloignées. Comme nous n'avons eu aucune réponse satisfaisante, j'ai décidé de venir vous voir pour savoir ce qu'il y a lieu de faire en pareilles circonstances.

— Vous avez bien fait, monsieur. Quand un enfant mineur disparait, c'est toujours un cas d'urgence. Nous allons commencer par lancer une recherche dans la ville et dans le département. Décrivez-moi votre fille en me donnant le plus de détails possibles.

— Elle s'appelle Évangeline Bourgeois, elle a seize ans et mesure un mètre soixante, cheveux longs châtains et yeux gris. Elle est toujours en jeans, baskets blanches et sweat noir à capuche. Elle est très timide et ne parle pas beaucoup, surtout pas facilement aux gens qu'elle ne connait pas. Elle a un portable, mais ne s'en sert quasiment jamais, ce qui est rare pour une adolescente.

— Auriez-vous une photo récente de votre fille ?

L'homme sortit un cliché de son portefeuille et le tendit au gendarme.

— Super, cela va beaucoup nous aider. Vous pensez à une fugue ? questionna le gendarme.

— Je ne pense pas, non. Elle se sent bien au sein de notre famille où elle a toute sa place et n'aurait eu aucune raison de vouloir s'en aller... Pour aller où, d'ailleurs ?

— Vous savez que c'est compliqué les adolescents. On ne sait jamais vraiment ce qui peut leur passer par la tête. Cette absence et ce silence peuvent être un cri pour attirer l'attention sur son mal-être, qui peut être profond. Elle peut aussi être la conséquence suite à un défi, comme le font beaucoup de jeunes actuellement. Ce sont bien souvent des défis stupides, qui peuvent mettre en danger la personne qui les accepte.

— Ma fille n'est pas naïve, je ne pense pas qu'elle soit capable de faire ce genre de bêtise.

— Ils sont souvent victimes de l'effet de groupe et acceptent le défi pour ne pas perdre la face...

— Cela m'étonnerait fort de la part d'Évangeline qu'elle se soit fait piéger de la sorte. Elle est trop intelligente pour ça... Et je préfère qu'elle perde la face que la vie !

— Quoi qu'il en soit, nous allons très vite déployer les moyens nécessaires pour démarrer les recherches et lancer une « Alerte Disparition » au niveau national, journaux et télévision, et sur tous les réseaux sociaux et messageries. Dès que nous aurons des informations, nous prendrons bien sûr contact avec vous, afin que vous soyez les premiers informés. J'ai bien noté le numéro de votre portable. Ne vous inquiétez pas, nous allons la retrouver.

— Je vous remercie, dit David Bourgeois en ressortant inquiet de la gendarmerie.

Il n'était qu'à moitié rassuré par l'efficacité des moyens mis en œuvre pour retrouver sa fille. En rentrant chez lui, il fit part de sa démarche à sa femme et à son fils.

— Patrice, toi qui es si proche de ta sœur, elle ne t'a rien dit ?

— Mais non, je suis aussi surpris que vous ! Je n'y comprends rien. Il n'y avait aucun signe avant-coureur qui aurait pu laisser penser à une fugue, si c'en est une.

— Pourquoi Évangeline fuguerait-elle enfin ? dit Élodie Bourgeois. Il me semble qu'elle va plutôt bien. Elle est toujours de bonne humeur, souriante…

— Cela peut cacher autre chose, maman, dit Patrice qui suivait des études de psychologie.

— Oui, mais quoi ? demanda David.

— On peut toujours essayer de comprendre la cause du malaise, mais on ne pourra jamais entrer complètement dans la tête d'Évangeline !

— En tout cas, les gendarmes m'ont promis de faire vite !

David Bourgeois regarda sa femme Élodie, ravagée par l'inquiétude. Il la prit dans ses bras en essayant de la rassurer le plus possible, espérant que l'issue de l'enquête soit heureuse.

— Tu as raison, papa, dit Patrice en tripotant son portable. L'alerte Disparition est déjà en ligne sur les réseaux sociaux en mode *public* pour qu'un maximum de gens puissent partager.

Cette nouvelle mit un peu de baume au cœur de toute la famille, même s'ils savaient que la nuit qui s'annonçait serait certainement blanche.

Le comportement tyrannique du géomètre David Bourgeois terrifiait toute sa famille. Figure du mâle dominant, il pouvait sans doute être à l'origine de cette fugue inattendue. Il critiquait tout et tout le monde en permanence. Dans sa logique, il n'existait pas de notion de respect de l'autre. Patrice, le frère d'Évangeline, pratiquant les arts martiaux, arrivait à esquiver les coups de son père qui frappait quand il ne pouvait pas avoir le dernier mot. Mais Élodie et Évangeline se retrouvaient plus d'une fois avec des hématomes qui obligeaient les deux femmes à porter des vêtements à manches longues et des lunettes de soleil pour cacher leur honte. Alors qu'elles étaient des victimes, c'est David qui aurait dû avoir honte...

Quand le téléphone de David sonna, quelques jours plus tard, c'était un dimanche. Toute la famille était présente ce jour-là. Il décrocha.

— Oui, David Bourgeois !

— Bonjour, monsieur Bourgeois. Commandant Mangin, de la Gendarmerie Nationale. Nous venons de retrouver votre fille…

— Super ! On peut la voir ? Lui parler ?

— Je crains de devoir vous annoncer une mauvaise nouvelle.

À ces mots, David s'assit dans le canapé à côté d'Élodie qui le questionnait du regard. David resta silencieux un long moment avant de raccrocher.

— Alors, ils ont retrouvé Évangeline ? demanda Élodie.

— Oui…

— C'est plutôt une bonne nouvelle, non ? insista Élodie.

— Pas si sûr, répondit David.

— Tu veux dire qu'elle est…

Dans le regard de David, Élodie comprit sans qu'il réponde.

— Ce n'est pas possible ! Qu'est-il arrivé ? Parle-moi ! demanda-t-elle en lui criant dessus.

— Ils ne savent pas encore, mais ils pensent qu'elle aurait été assassinée. Ils ont ouvert une enquête.

Élodie se tordit de douleur. Son visage se déforma sous l'effet de sa souffrance. Sa torture intérieure faisait couler ses larmes en un flot ininterrompu, quand Patrice sortit de sa chambre pour retrouver ses parents dans le salon.

— Qu'est-ce qui se passe ? Ça y est, ils ont retrouvé Évangeline ?

Mise au courant par son père, Élodie n'arrivant plus à parler, l'adolescent perdit connaissance un moment avant de tomber dans les bras de sa mère.

— L'enquête va déterminer les causes de sa mort, dit David qui espérait rassurer sa femme et son fils, mais en vain.

Ils passèrent le reste de la journée affalés dans les canapés du salon, oubliant même de déjeuner. Personne n'avait vraiment faim après un tel choc.

Cécile et Amandine écoutaient Élisabeth qui leur faisait part de ses premières constatations. Elles étaient devant le corps sans vie d'Évangeline Bourgeois dont on avait dégagé la tête. La scène de crime se situait aux abords d'une forêt.

— La pauvre petite ! Elle est belle comme un soleil ! Elle avait l'âge d'être ma petite-fille ! Probablement violée avant d'être enterrée vivante. La victime a été retrouvée dans cette forêt grâce à un chien que promenait son propriétaire qui est complètement retourné et a fait un petit malaise. Les faits ont dû avoir lieu dans cette cabane, fermée avec un cadenas dont le meurtrier avait vraisemblablement la clé, vu qu'il n'a pas été forcé. Le crime date de quelques heures à peine... Je ne comprends pas comment on peut s'en prendre à une adolescente à peine sortie de l'enfance.

— C'est l'œuvre d'un monstre, sans aucun doute, dit Amandine horrifiée.

Elle tenait un mouchoir sur sa bouche pour ne pas vomir.

— Des empreintes ou d'autres indices ? demanda Cécile.

— Rien pour l'instant, mais s'il y a quelque chose à trouver, on le trouvera, sois sans crainte.

Évangeline, une fois complètement déterrée, apparut en sous-vêtements plus ou moins déchirés. Des liens de tissu maintenaient ses poignets et ses chevilles. Son visage était tellement doux qu'elle semblait endormie. La terre s'était invitée dans tous ses orifices et la bouche avait dû se remplir quand elle criait. Dans le périmètre sécurisé, les gars de la PTS tournaient autour du corps et de la cabane, à la recherche du moindre indice qui pourrait faire avancer l'enquête sur ce crime particulièrement horrible. On ose à peine imaginer ce qui se passe dans la tête d'une personne se faisant enterrer vivante, qui doit se débattre comme un beau diable, sans pouvoir échapper au sort funeste qui l'attend.

— Commandant ! cria un gendarme depuis la cabane en bois.

— On arrive, dit Cécile en emmenant Amandine, histoire de l'éloigner de la vision de la victime dont elle n'arrivait pas à détacher le regard et qui la rendait malade.

— Deux lettres majuscules *PA*, gravées dans le bois, sans doute avec ses ongles. Une troisième lettre est à peine esquissée mais on voit tout de même un trait vertical.

— Vous avez pris des photos ?

— Oui, commandant. Et les empreintes relevées sont assez petites. Elles pourraient correspondre à celles de la victime qui avait les doigts plutôt graciles.

— OK. Relevez tous les indices possibles et envoyez-les au labo en urgence absolue.

— Très bien, commandant.

Cécile et Amandine sortaient de la cabane pour retrouver la légiste qui s'affairait autour de la dépouille de la pauvre gamine.

— C'est ce genre d'horreur qui me donnerait presque envie de changer de métier.

— Mais non, Babeth, ne fais pas ça ! Que ferions-nous sans toi ?

— J'ai dit *presque*, répondit-elle avec un petit sourire. Je vais la faire emmener à la morgue où vous êtes cordialement invitées à me rejoindre, mesdemoiselles !

— On va terminer là et on te rejoint le plus vite possible.

Sur le lit métallique de la morgue, gisait la belle endormie, nettoyée pour lui rendre sa beauté originelle. Les parents étaient passés pour reconnaitre le corps et à leurs réactions, la mère s'étant carrément écroulée en larmes dans les bras de son mari. Il n'y avait malheureusement pas de doute, il s'agissait bien d'Évangeline Bourgeois.

— Elle était vraiment magnifique, dit Cécile, impressionnée par la beauté diaphane de cette jeune fille.

— Oui, elle était sublime cette petite, mais elle n'a pas eu beaucoup de chance. Elle a dû faire une mauvaise rencontre car, après examen approfondi, il y a effectivement des traces de violences sexuelles. Mais cela de date pas seulement d'aujourd'hui... apparemment, c'était assez régulier. Le violeur n'a même pas pris la peine d'enfiler un préservatif, ce qui m'a permis d'effectuer des prélèvements de sperme que je vais comparer à l'ADN de la miss. Quelques signes de défense, mais comme elle était entravée, ils étaient assez légers. Par contre, j'ai trouvé des résidus de bois sous ses ongles.

— Nous avons trouvé des lettres gravées dans le bois avec ses ongles dans un coin de la cabane. Un *P* et un *A* suivis d'une barre verticale. Elle n'a pas eu le temps d'écrire la suite.

— Le nom de son agresseur, peut-être ?

— Oui, il y a plusieurs possibilités : Patrick, Patrice, Pablo, Paco, Pascal, Paul...

— Comme la troisième lettre commence par une barre, je suggère d'éliminer Paco et Pascal, dit Amandine.

— D'accord ! Il nous reste à retrouver s'il y a des Patrick, Patrice, Pablo ou Paul dans son entourage...

— Dans l'entourage proche, il y a un David, son père et un Patrice, son frère. Tu penses que c'est l'un d'eux ? Sinon on peut déjà les éliminer de la liste.

— La troisième lettre de Patrice commence étant un *T*, il y a peut-être une piste à creuser. Amandine, tu vas faire une recherche sur tous ses proches, famille, amis proches et plus éloignés. Il ne faut négliger aucune hypothèse.

— D'accord. J'ai également convoqué le propriétaire du chien qui a prétendu avoir aperçu une silhouette de femme blonde partir en voiture. Il t'attend dans ton bureau.

— Merci Amandine. Je vais l'interroger immédiatement.

Dans son bureau, Cécile avait en face d'elle M. Clément, convoqué comme simple témoin.

— Merci, monsieur Clément, de bien vouloir nous apporter votre témoignage. Il peut nous être très précieux.

— Je vous en prie, commandant. Si vous réussissez à arrêter l'auteur de ce crime odieux, c'est l'essentiel !

— Vous allez mieux ?

— Oui, je vous remercie, mais j'ai eu un choc en découvrant cette jeune fille.

— On le serait à moins… Alors… racontez-moi ce que vous avez vu.

M. Clément s'adossa à son siège avant de commencer son récit.

— Je viens souvent dans cette forêt, car j'y ai mes coins à champignons. Quand j'ai vu Ténor, mon chien, la truffe au sol près de la cabane, j'ai compris qu'il avait flairé une piste. Cela aurait très bien pu être un lièvre ou un sanglier, mais il a continué à fureter et s'est approché d'un endroit où la terre avait été récemment retournée. Il a continué à renifler toute la surface de la terre fraiche, puis s'est mis à gratter le sol. J'ai essayé de l'appeler pour qu'il arrête, mais il continuait à creuser. C'est quand je me suis approché pour le mettre en laisse que j'ai aperçu quelque chose… En enlevant délicatement un peu de terre, j'ai aperçu des cheveux. J'ai trouvé cela bizarre et j'ai continué à creuser un peu pour découvrir un visage, ce qui m'a horrifié et fait perdre l'équilibre pour tomber en arrière. Une fois remis de ma découverte, j'ai redéposé un peu de terre sur ce doux visage pour que personne d'autre ne la découvre, et je vous ai appelés.

— Vous avez bien fait, monsieur Clément, c'est ce qu'il fallait faire.

— Mais j'ai sans doute laissé des traces de pas sur la scène de crime…

— Rassurez-vous, nous avons relevé d'autres empreintes à part les vôtres… Et alors, cette silhouette ?

— C'est en retournant sur le parking pour retrouver ma voiture – et y enfermer Ténor pour qu'il ne la déterre pas complètement –, que j'ai aperçu une femme blonde en tenue de sport qui devait sans doute faire un footing dans la forêt. Elle a pris place dans une petite voiture pour partir à toute vitesse.

— Quel genre de voiture, monsieur Clément ?

— Je ne m'y connais pas trop, mais ce n'était pas un 4x4. Je dirais plutôt une petite berline sport.

— Vous avez eu le temps de relever le numéro de la plaque ou la couleur ?

— La plaque, non, elle ne m'en a pas laissé le temps. Mais pour la couleur, je jurerais qu'elle était verte.

— Une petite berline sport... Se pourrait-il que ce soit une anglaise, une Mini par exemple ?

— Ce n'est pas impossible, c'était vraiment une petite voiture nerveuse. Mais cela s'est passé tellement vite, vous savez !

— Je vous remercie pour tous ces précieux renseignements qui vont nous permettre de lancer des recherches en vue de retrouver cette voiture dont nous n'avons malheureusement pas pu prendre d'empreintes des pneus, car elles ont été écrasées par nos propres véhicules. Si quelque chose vous revenait, ne serait-ce qu'un détail, rappelez-nous.

— Je n'y manquerai pas, dit-il en se levant. Il va falloir que je trouve un autre coin à champignons maintenant...

— Oui, nous avons sécurisé la zone pour ne pas polluer la scène de crime. Mais vous allez en trouver ailleurs, la forêt est grande !

Il salua Cécile de la main en s'en allant.

— Au revoir et encore merci, monsieur Clément.

Amandine rejoignit Cécile à son bureau avec le rapport d'autopsie dans les mains.

— Si les violences sexuelles étaient régulières, selon la légiste, il s'agit sans doute d'un proche ?

— Tu penses à qui, Cécile ?

— Cela pourrait être le fait de rapports incestueux ! Son frère ou son père !

— Houlà ! Ça serait terrible ça !

— Je vais faire un point presse, mais je ne dirai que le strict minimum. Si je parle des soupçons d'inceste, cela risque de déchainer les passions et nos deux suspects risquent d'être menacés ou de prendre la fuite !

Cécile convoqua David et Patrice Bourgeois pour les interroger séparément. Elle se retrouva en salle d'audition avec David.

— Monsieur Bourgeois, lança-t-elle, que faisiez-vous ce matin entre huit et onze heures ?

— J'étais à mon travail, sur le terrain à cinquante kilomètres d'ici. Je faisais des relevés pour la construction d'une nouvelle autoroute.

— Celle qui doit contourner la ville ?

— Celle-là même !

— Nous allons vérifier. Cela vous mettrait hors de cause, évidemment !

— Pourquoi, vous ne me soupçonnez tout de même pas d'avoir fait ça à ma fille, commandant ?

— Nous explorons toutes les pistes et à ce stade de l'enquête, tout le monde est suspect.

— Mais enfin, c'est ridicule !

— Nous savons que votre fille a subi des violences sexuelles de façon régulière.

David Bourgeois voulut protester une fois de plus, mais Cécile l'arrêta dans son élan.

— En plus, nous avons trouvé deux lettres, un *P* et un *A,* suivies d'un trait vertical à peine commencé. Si vous l'acceptez, nous vous ferons subir un test ADN pour vous innocenter définitivement. Le technicien est actuellement absent. Nous allons également proposer ce test à votre fils qui ne devrait plus tarder maintenant. Il est convoqué pour seize heures, après ses cours. Je vous suggère de l'accompagner... pour vous tester tous les deux.

— Vous ne pensez tout de même pas que Patrice ait pu violer sa sœur ? C'est complètement débile !

Cécile ne se laissa pas démonter et le regarda fixement dans les yeux.

— Je vous attends tous les deux à seize heures, monsieur Bourgeois !

David semblait contrarié, mais il acquiesça avant de partir.

Un peu avant seize heures, Patrice Bourgeois se présenta seul à la gendarmerie.

— Votre père n'est pas avec vous ? dit Cécile.

— Non, pourquoi, il devrait être présent ?

— Oui, lui aussi doit subir un test ADN.

— Bon, suivez-moi, dit Amandine. Nous avons quelques questions à vous poser.

Assis en face d'Amandine Drot, Patrice Bourgeois était un grand timide.

— Quels étaient vos rapports avec votre sœur, monsieur Bourgeois ?

— On s'entendait plutôt bien, on rigolait souvent ensemble.

— Vous rigoliez seulement, ou il est arrivé que cela aille un peu plus loin ?

— Qu'entendez-vous par « plus loin » ?

— Des caresses, des attouchements...

— Vous ne sous-entendez tout de même pas que je couchais avec ma sœur ? C'est complètement insensé !

Amandine laissa Patrice se calmer un peu avant de lancer la deuxième salve.

— Et votre père, il allait souvent dans sa chambre ?

— Ben non, c'était le domaine privé et réservé d'Évangeline ! Un terrain miné ! Personne n'avait le droit d'entrer dans sa chambre sous peine de la voir se transformer en furie !

— Mais votre père la corrigeait quand elle ne lui obéissait pas ?

— Non. C'est vrai qu'il est sévère, mais à ma connaissance, il n'a jamais levé la main sur sa fille. Il y aurait eu des traces...

— Et votre mère ?

— Pas que je sache ! De toute façon, elle m'en aurait parlé.

Amandine lui parla des lettres gravées dans la cabane.

— C'est vrai que la troisième lettre de mon prénom est un *T*, avec une barre verticale donc, mais cela ne prouve rien.

— Et votre père ?

— Mon père se prénomme David, donc aucun rapport avec ces deux lettres.

— À moins qu'elle ait voulu écrire PAPA, avec un *P* qui comporte aussi une barre verticale. Elle aurait pu vouloir désigner son tortionnaire qui abusait d'elle quand votre mère et vous étiez absents.

— Non, ce n'est pas possible ! C'est même absurde ! Je n'y crois pas une seule seconde.

— Comment expliquez-vous que votre père ne soit pas au rendez-vous ?

— Il a dû être retardé sur son chantier, c'est assez fréquent.

— Nous avons téléphoné à son patron qui nous a confirmé qu'il n'était pas sur le chantier de l'autoroute à l'heure supposée du crime. Et vous, que faisiez-vous ce matin entre huit et onze heures ?

— J'étais en cours, comme tous les jours.

— Nous allons vérifier...

Patrice était dubitatif, il avait l'impression de vivre un cauchemar.

— Bon, nous allons vous faire passer un test ADN et vous pourrez rentrer chez vous. Je vais en profiter pour appeler votre université.

Amandine l'emmena au labo où on lui demanda d'ouvrir la bouche pour passer un écouvillon à l'intérieur des joues et le mettre dans un tube avant de l'étiqueter.

— Voilà, c'est bon. Vous êtes libre. Si vous arrivez à contacter votre père, demandez-lui de se rendre immédiatement à la gendarmerie. C'est d'autant plus important que son alibi de ce matin ne tient pas, contrairement à vous, qui étiez bien en cours. Je viens d'appeler l'université qui nous a confirmé votre présence.

Patrice Bourgeois était un peu sonné quand il partit.

Le lendemain matin, à la gendarmerie, Cécile était très excitée en arrivant à son bureau.

— David Bourgeois s'est manifesté, Amandine ?

— Bonjour aussi, Cécile ! Non pas de nouvelles.

— Bonjour ! Désolé, je sais je suis un peu nerveuse. Il faut lancer un avis de recherche élargi avec son signalement !

— C'est déjà fait, Cécile, il vient de partir.

— Merci Amandine, tu es vraiment très efficace !

— Je sais, je sais..., répondit-elle avec un petit sourire.

Leur complicité était tellement évidente que certaines personnes pensaient qu'il y avait un peu plus que de l'amitié entre elles, mais personne n'en savait rien en fait...

Le jour suivant, Cécile et Amandine furent appelées sur le chantier où travaillait David Bourgeois.

— Je pense qu'on a retrouvé David Bourgeois, dit Amandine.

— C'est super ! On va lui faire passer le test ADN auquel il a refusé de se soumettre hier.

En arrivant sur place, elles aperçurent une bâche de chantier recouvrant une forme humaine.

— Élisabeth ? demanda Cécile en arrivant vers elle.

— Bonjour les filles ! D'après la description, il s'agirait bien de l'homme recherché. Une balle a traversé l'objectif de son tachéomètre laser pour venir se loger dans son œil, et probablement finir sa course dans son cerveau, ce qui l'a tué sur le coup. Je viens de lui prélever de l'ADN pour le comparer à celui d'Évangeline.

— À mon avis, on devrait pouvoir trouver une correspondance, dit Cécile.

— On en saura plus à l'autopsie, c'est ça ?

— Comment tu as deviné, Amandine. Ça alors ! Tu as une boule de cristal ?

Cette remarque humoristique fit sourire les trois femmes.

Un gendarme, qui avait interrogé les autres employés présents sur le chantier leur donna les renseignements qu'il avait recueillis auprès des témoins.

— Bonjour commandant... et se tournant vers Amandine, bonjour capitaine ! Alors, d'après ses collègues, il n'était effectivement pas sur le chantier hier matin. Pas d'alibi, donc.

— Merci, mais on avait déjà vérifié, rectifia Cécile.

— En revanche, plusieurs personnes ont cru voir d'où provenait le coup de feu fatal.

Il leur indiqua un bois devant lequel se trouvait un vieux transformateur.

— Le collègue de la victime ne se tenait pas loin du transfo pour tenir la mire qui sert à la mesure du laser. Après que la victime se fut écroulée, il a entendu un bruit de moteur et a aperçu une grande femme blonde prendre une petite voiture verte et filer très vite. Sans doute l'assassin, commandant.

— Je suppose qu'il n'a pas eu le temps de relever le numéro de la plaque ?

— Non, il a été surpris par la chute de David Bourgeois et s'est porté à son secours. Cela s'est passé rapidement.

— En même temps, les petites voitures vertes ne sont pas très courantes, on aura vite fait de la repérer si elle est toujours dans la région.

— On va lancer un avis de recherche sur une femme blonde conduisant une petite voiture verte pour toutes les patrouilles et aller voir les concessionnaires de la région, on verra bien…

Nos gendarmes s'en retournèrent pour rejoindre Babeth à l'IML.

À la morgue, les trois femmes se trouvèrent devant un corps recouvert d'un drap blanc. Élisabeth Leprince s'adressa à Amandine, qu'elle savait très sensible.

— Attention, ce n'est pas très beau à voir dit-elle en découvrant la tête de David Bourgeois.

À la vue de la blessure, Amandine grimaça avant de détourner le regard.

— Ben, j'avais prévenu !

— Ah oui, mais quand même… ! Ça va aller Babeth, je te remercie pour toutes ces délicates attentions.

— Bon, alors…, comme constaté sur le lieu du crime, la balle est entrée dans l'œil pour terminer sa course dans la tête où elle est restée.

La légiste s'éloigna pour chercher un scellé qui contenait la balle extraite du crâne de la victime.

— Même calibre et même signature pour une même tueuse. La balle est gravée au nom de DAVID : elle a signé son forfait.

— Il va vraiment falloir la capturer au plus vite afin d'arrêter cette hécatombe, dit Cécile.

— Je vous ai gardé le meilleur pour la fin !

— Oh, toi et son suspense !

— J'ai comparé son ADN avec celui du sperme retrouvé sur la gamine et cela correspond à 99,9%. C'est donc bien lui qui abusait de sa fille, depuis plusieurs années sans doute.

— Alors, c'est bien PAPA qu'elle avait voulu écrire dans le bois de la cabane !

— Oui, sans aucun doute ! dit Cécile.

— Quand sa femme et son fils vont apprendre ça, ils seront effondrés.

— On le serait à moins, ajouta Babeth.

Nos deux officiers sortirent de la morgue pour prendre un peu l'air, surtout Amandine qui en avait vraiment besoin après cette nouvelle épreuve.

Au bout de quelques jours, une voiture verte fut repérée. Les concessionnaires auto n'avaient pas de véhicule de cette couleur dans leurs listings de clients. La voiture était sans doute volée et repeinte, bien qu'aucune plainte n'eût été enregistrée. Au cours d'une planque, dans un quartier où la voiture avait été signalée par les patrouilles à plusieurs reprises, Cécile et Amandine virent une femme blonde prendre place à bord d'une petite voiture verte.

— Tu penses que c'est elle ? demanda Amandine.

— Je ne sais pas, mais on va en avoir le cœur net. On va la suivre discrètement.

Au bout de plusieurs longues minutes de filature, la conductrice accéléra, ayant sans doute aperçu la voiture banalisée qui la suivait. Elle finit par ralentir, pour vérifier si effectivement elle était suivie. N'ayant plus de doutes, elle accéléra en entrainant nos gendarmes dans une course-poursuite effrénée dans les rues de la ville. La petite voiture verte pila pour laisser traverser une femme enceinte avec une poussette sur le passage protégé. Amandine en profita pour descendre de la voiture et essayer de parler avec la conductrice, qui redémarra sur les chapeaux de roues avant qu'elle n'arrive à sa hauteur. Cécile avança pour prendre Amandine au passage et elles foncèrent derrière la fuyarde, gyrophares allumés et sirène hurlante. La petite voiture verte s'engagea sur les routes en lacets de la montagne où la conduite était difficile, avec beaucoup de virages en épingle à cheveux. Amandine avait réussi à contacter par radio une autre patrouille qui arrivait en sens inverse. Elle serait ainsi prise en tenaille et obligée de s'arrêter. Mais le scénario prévu ne se déroula pas exactement comme prévu. Au bout de quelques virages assez limite à pleine vitesse et quelques dérapages contrôlés, la conductrice de la voiture verte aperçut le véhicule de gendarmerie venir vers elle à contresens et se mettre en travers de la route. Elle vit le piège se refermer sur elle. Dans la dernière épingle, elle décida de ne pas prendre le virage et fila droit vers le précipice.

ÉPILOGUE

La conductrice de la petite voiture verte, une fois désincarcérée, se retrouva dans l'ambulance du Samu. Le médecin n'avait pu que constater le décès.

— Difficile de survivre à une telle chute, elle est morte sur le coup, dit le médecin à Cécile et Amandine qui l'avaient rejoint.

— Commandant, dit un gendarme, nous avons trouvé cet étui de violoncelle un peu abimé, dans le coffre de la voiture.

— Merci, je m'en charge.

Cécile prit l'étui et le posa dans l'herbe. En l'ouvrant, elle découvrit un fusil Remington 700 à côté d'une lunette de visée et d'un silencieux. Elle s'adressa à Amandine :

— Cela correspond à ce que nous avons vu sur les vidéos du club de tir où elle rentrait avec un étui de violoncelle sur le dos pour son entrainement. Mais ce n'est pas possible, cela ne peut pas être elle ! C'est une autre personne !

Cécile s'adressa au gendarme qui lui avait remis l'objet.

— Ramenez le tout à la PTS, pour un examen complet.

— Bien, commandant.

— Attendons de voir ce que la légiste va nous raconter, dit Amandine.

Son corps fut rapatrié à la morgue pour une dernière vérification qui allait lever leurs doutes. La légiste avait déjà effectué un prélèvement ADN quand Cécile et Amandine firent irruption dans la pièce.

— Alors, Babeth ?

— Alors là, nous avons un spécimen rare, je dirais même exceptionnel !

Elle découvrit complètement la victime qui avait bien sûr des contusions sur tout le corps et des fractures multiples et regarda les deux officiers pour savourer son plaisir et les faire languir un peu.

— Tu sais bien entretenir le suspense, tu devrais faire du cinéma dans un rôle de femme cruelle !

— Je pense que ça pourrait me plaire, oui !

Élisabeth Leprince sourit et entama enfin les explications.

— C'est donc l'imitatrice de Martha ? dit Cécile.

Babeth les fixa dans les yeux pour augmenter la tension et voir la surprise sur leurs visages.

— Non, ce n'est pas une imitatrice… c'est l'originale !

Cécile et Amandine avaient du mal à le croire. Leurs yeux étaient grandis par la surprise et leurs bouches restées ouvertes.

— J'ai l'honneur de vous présenter, un peu retouchée, bien sûr, Martha Jennings !

Elles n'en croyaient pas leurs oreilles.

— Ce n'est pas possible, elle ne ressemble pas du tout à notre tueuse en série, dit Cécile. Martha Jennings est une petite brune à la peau cuivrée et aux cheveux noirs : aucun rapport avec cette grande blonde !

— Et pourtant…

Élisabeth les regardait dans les yeux pour profiter au maximum de l'effet théâtral qu'elle venait de réaliser.

— Voilà. Commençons par la tête : cheveux courts et blonds, c'est assez banal, en somme : c'est une simple coloration que font tous les salons de coiffure. Ce qui est beaucoup plus intéressant, c'est qu'elle a subi une kératopigmentation, une opération qui consiste à changer la couleur des yeux. Du vert elle est passée au bleu en l'occurrence. Elle a gardé les yeux en amande, qui sont d'origine. Un éclaircissement au laser a eu pour effet de lui blanchir la peau et de faire disparaitre son tatouage dont il reste une trace minuscule. J'ai également détecté deux cicatrices au niveau des jambes, entre les genoux et les pieds. Elles proviennent d'une opération esthétique longue et douloureuse qui consiste à allonger les jambes, de dix centimètres dans le cas qui nous intéresse. L'intervention consiste à couper l'os en deux et à l'allonger petit à petit avec un instrument métallique implanté dans les deux parties pour un allongement progressif. L'os se reforme entre les deux parties un peu tous les jours, jusqu'à reconstitution complète.

Cécile et Amandine étaient abasourdies de voir à quel point elle s'était transformée pour qu'on ne la retrouve jamais. Ça avait failli marcher !

— Je viens de recevoir les résultats de son test ADN que j'ai comparé avec celui du cheveu retrouvé dans la grue du port et la correspondance ne laisse aucun doute sur son identité.

Élisabeth leur montra sur son écran les deux tests ADN et par une manipulation, les superposa pour n'en faire qu'un : les deux tests matchaient parfaitement.

— C'est pour toutes ces raisons que nous n'avons pas pu mettre la main sur elle : elle était devenue physiquement une autre femme !

— Cela veut dire que notre tueuse en série est définitivement mise hors d'état de nuire, dit Amandine. Et que cette longue série de meurtres s'arrête enfin ! Son mobile, après vérifications et recoupements, était effectivement la vengeance de toutes ces femmes qui subissent quotidiennement les violences de leur conjoint. Les éliminer tous, serait un travail sans fin... La vengeance, le plus vieux mobile du monde !

— Oui ! En espérant qu'aucune admiratrice n'ait pour projet de prendre la relève, dit Cécile. Et de poursuivre le chemin de sang...